U0880951

FLORET

READING

小花阅读

我们只写有爱的故事

青春阅读　幸得相见

大鱼

有爱的青春陪伴者

是小哥哥他先动的心

子非鱼 著

上海故事会文化传媒有限公司

上海文化出版社

·作者简介·

子非鱼

| 小花阅读签约作者 |

喜欢万物复苏的春天，希望未来生活在昆明。

文字是信仰，不求日行千里，只求来日方长。

代表作：《请别忘记我》《他曾暖过一季春风》《喂，给你我的小心心》

前言

中年少女和她最后的倔强

7 月了，天气越来越热，到了晚上我经常难以入眠。

白天写稿，晚上我都会跟森木以及海殊坐在客厅的大沙发上打游戏，但总是输，然后三个人一起抱怨说“这届队友不行”，其实是自己技术不过关。平时打打匹配和娱乐模式，现在我已经不再和她们一起打排位了，毕竟我段位太高，笑。

有一天我在微博上被人“安利”了斗鱼软件，现在没事就会打开斗鱼看看游戏直播。

喜欢的主播每天都会说一大堆逗趣的话，看他吹天大的牛皮，最后输掉游戏也是挺有趣的，虽然我用鱼丸竞猜的时候总是破产，但我买了个开心啊。

最近多了个怪癖，写稿的时候习惯一边听音乐（3D 立体环绕的那种），一边看直播，这样会觉得舒适一点。

这是一个关于吃播的故事，欢脱有爱，在写这个故事时，我写得津津有味。但其实一开始为了能写好这个故事，我找了很多吃播博主的视频和直播看了小半个月，看美食都快看吐了。

与此同时，森木开始了她的不吃晚饭计划。我声称要减肥，跟着她不吃晚饭，结果当天晚上差点被饿死，又毫无骨气地摸进厨房煎了个蛋。

现在的我，依旧是一个依赖着晚饭度过漫漫长夜的我。

昨天我们去吃了小龙虾。

森木是个多变的人。

我提出去吃小龙虾，她说好，现在就去。我跟森木说要上楼回家里去放一下杂七杂八的东西再去吃，她说那不吃了，还得再下一次楼。

我：……

女人，你的名字叫善变。

近一段时间，我也开始注重起了养生。

半个月前，我跟森木吃腻了外卖，于是一拍即合，买了饭盒，每天晚上准备好食材，第二天早上爬起来做饭再带到公司。

虽然每天早上做饭闹钟响起的时候，我都一脸蒙，但是中午省去了点餐环节，真的能多码500字。

不仅如此，我每天的早餐也从吃老干妈粉丝包变成了喝绿豆粥，毕竟这样比较养生。

久而久之，粥铺老板也都认识我了。

有次我还没走到门口，老板就高声吆喝了一句："一杯绿豆粥！"

绿豆粥拿到手里，老板连吸管都帮我扎好了。

真是贴心。

说到养生，前不久眼睛很涩，于是我在网店买了各种蒸汽眼贴、眼部精华、眼膜和眼罩，结果到货的时候才开始怀疑人生。

这么大的包装，我到底买了多少盒啊？

小声吐槽：难怪又没钱了。

好了，养生的我，打算去买点枸杞配着可乐喝了。

子非鱼

目录

contents

Shi XiaoGeGe
TaXianDongDeXin

目录
contents

Shi XiaoGeGe
TaXianDongDeXin

第一章
吃，生命中最重要的事

01

中国，莱城，中午十二点。

宋亦然调整好摄像头，鼠标轻点，打开直播软件。

屏幕里的女人有着两弯淡淡的眉毛，一张标准的巴掌脸，眼睛很大，像盈满了水，鼻子挺翘，小嘴殷红，没什么多大特点的五官组合在一起却异常养眼和舒服。

最近流行起一个词，叫作“氧气美女”，宋亦然就被评为其中一员。

她是个网络主播，而且是近两年才火起来的吃播播主。

说得简单粗俗点，做吃播的人就是——大胃王。

自从前年她接触了吃播后，就好像打开了新世界的大门，第一次发现吃个饭居然还能赚到钱。

恕她直言，网友们的癖好，看不透，看不透。

两年来，她在斗猫平台的粉丝已经达到了 800 万，而微博粉丝前几天也突破了 500 万。

因为粉丝数量庞大，她每次直播热度排名都在斗猫平台前三，观看人数从没有少于 500 万，完全可以说是吃播界金字塔的顶端人物了。

[哇哇哇，终于等到你，还好我没放弃！]

[然然开播了！呼朋唤友来看直播啊啊啊！]

[不瞒你说，我奶奶已经搬了板凳过来了。]

[今天吃什么？]

[我看到了然然摆在桌子上的方便面了！几桶啊？]

[火鸡面？]

宋亦然笑着挑了几条留言回复：“谢谢奶奶喜欢……对，吃火鸡面，10 桶。”

她说完，厨房内锅里的水刚好沸腾起来，发出“咕噜”的响声，上空氤氲着雾气。

宋亦然拿了几桶面，转身进了厨房。

为了方便直播，她在厨房外放置了一套桌椅，挑了个好的角度，能让摄像头完整地拍下这个小空间，专门用来直播做饭和吃饭。

[我是新来的，请问是直接点赞吗？]

[麻烦关注主播哈！]

[等等——我好像看到了一个巨大的……]

宋亦然一手拿着手机看自己的直播回复弹幕，一手拿着锅铲，搅动锅里的面。

“这是我家祖传的大锅，烧饭利器，居家旅行必备。”

“我家祖传三大件，还有一个碗和一把勺子，都是XXXXL型号的，一般店里没得卖。”

[我猜主播下一秒就要为商家打广告了。]

[最烦这种打广告的，吃东西就吃，老说这些没用的。]

[打广告主播取关了！]

“你们想多了，我的意思是，这是斗猫平台给我特意定制的，就算你们想要，也拿不到。”

打广告？开玩笑，她从来没有这么隐晦地打过广告好吗？

她一般都是坐在人家店里，光明正大地打广告。

[666，可以说非常嚣张了。]

[哈哈哈，楼上说打广告的，蒙了吧？]

[我就知道然然总会出乎我的意料！]

[不是说祖传的吗，又变成官方送的了？]

[骗人主播。]

“没骗人，这套餐具，从今天开始传。”

屏幕上闪过一串“666”。

宋亦然掏出“祖传餐具”的另一件——祖传大碗，把过水后的面捞起来盛到碗里，端到了镜头前。

方才的小插曲似乎没有存在过一般，她自言自语道：“听说火鸡面特别辣，要不要把调料全部放进去呢？”

她看着飞快滚过的弹幕，笑道：“还是都放进去吧。”

原本米黄色的面上覆盖着一层调料，宋亦然用筷子拨弄着面条，一整盆面条通通染成了红色，看起来十分诱人。

“那么我要开吃了！”

宋亦然夹起一筷子火鸡面放进嘴里嚼了嚼，过了几秒，又夹了一筷子。

就在这时，屏幕上划过一艘游艇。

——用户 [江璟] 给主播 [然然胃口小] 送出游艇一艘。

“谢谢江璟宝宝送的游艇，爱你，么么哒！”

直播平台里，观众可以通过购买渠道购买斗猫币，换成虚拟礼物打赏给主播，以此表达对主播的喜爱。而游艇就是虚拟礼物里第二贵的，价值一万斗猫币。

斗猫币和人民币的兑换比率是 1:1，一艘游艇也就是 10000 块。

[江璟] 这个 ID 在她直播间排在贡献榜第一，每回她开直播，这个人都在，并且每次都出手阔绰。

啧，有钱人的世界她不懂。

不过按照合同，收到礼物的话，她和斗猫平台五五分，她能拿到 5000 块。美滋滋。

十人份的火鸡面，在半个小时内，通通被她解决。

弹幕一片哗然。

宋亦然抽出纸巾擦了擦嘴，因为太辣，她的嘴唇已经通红一片，幸好她今天只化了淡妆，口红也没涂。

“今天就播到这里，下次再见。”

下播前，宋亦然看到几条夹杂在“再见”里的评论弹幕。

[看把你给能的，肯定下播就催吐。]

[吃这么多，一看就是催吐啊，这种主播居然有人喜欢？]

[是这个世界变了，还是我变了……推荐大家看隔壁 vivian 的吃播，绝对没有催吐。]

[催吐？黑子咋这么嚣张呢？有本事拿出证据啊！]

宋亦然收回目光，关闭直播。

对于一个吃播播主来说，被怀疑催吐是常事。之前斗猫平台就有个叫 lan 的女主播，因为被怀疑催吐，压力太大退出了吃播界。

她也不在意这些，她吃东西一贯都秉持着“以吃为本、能吃是福”的原则。

宋亦然伸了个懒腰，今天吃爽了。

“下播了？”

唐青枝一手抓着脑后的长发，一手拿着小皮筋走过来。

宋亦然摸摸肚皮，随意应了一声，打算起身走几圈消化消化：“你今天不播？”

说完，她打开微博，把剪辑好的视频传了上去，没一会儿就有不少人评论。

“下午播吧，我才起床没精神，一会儿还得去网店找找新款服装的灵感。”

唐青枝也是斗猫平台的主播，不过是娱乐版块的，凭着一把好嗓子她征服了无数网友，粉丝数比宋亦然还要多一点，她同时还兼职淘宝店主，每天忙得厉害。两人是去年才认识的，因为性格合得来，就一起在这里租了间房子。

唐青枝看了看宋亦然，啧了一声："真羡慕你能吃那么多，还能保持这么完美的身材！"

面前的人四肢纤细，皮肤白皙，双腿修长，除了因为刚才吃了东西显得有些大的肚子外，简直找不出一点赘肉。

再看看自己喝口水都会浮肿的脸，她摇头叹息了一声："同人不同命。"

"对了，苏澄找你没？"唐青枝对着镜子抹完护肤品，扭头问道。

"找了。"宋亦然在她身边卸妆。

窗外的阳光洒了进来，温暖又舒服。

"斗猫官方举办的嘉年华，三天后，在隔壁苏市举行。"

02

苏市。

南方的城市，一场春雨过后，湿凉的空气里总会溢出新生草木的气息。

早起的鸟儿不知疲倦地从空中掠过，翅尖轻轻扫过湖面，水面泛起微微涟漪。

江迟闭着眼轻轻嗅了嗅，分辨出空气中夹杂着些微鸢尾花的香气和丝丝缕缕的糖浆甜香。

西装革履的男人一早就在这里等着了，见到江迟，俯身恭敬地伸出手："江先生，这边请。"

酒店内，穿戴整齐的厨师和服务员排排站好，像在等待检阅，谁也不敢轻举妄动。

西装男带领江迟走到精致整洁的条形餐桌前："菜品刚刚准备好，您可以立即开始。"

江迟解开衬衫的袖扣，将衣袖向上挽了一截，身边一位善于察言观色的助手，立即递来刀叉。

他微微低下头，嗅了嗅眼前碟子里摆盘漂亮的前菜，甚至还没有试吃，就已经蹙起了眉头：

"白露松饼配鹅肝慕斯，鹅肝的腥味都蹿入我鼻尖在里面张牙舞爪了，你们没发现吗？

"能把这么好的食材做成这样，你们也是很厉害，不如放弃厨师这个职业？"

一群人低着头，不发一言。

面前站着的是美食界大佬，几年前就带着自家的 Markgot 餐厅登上了北欧最佳餐厅榜，后来又把餐厅开回了国内，年仅 25 岁，就已经身价过亿。

在他面前，他们根本说不出一个"不"字，他说什么就是什么。

江迟把面前的盘子推开："把这道前菜换成海蜇沙拉，再配一杯香槟。"

西装男点头："好的。"

“这是什么？芝士玉米粉圆饼？”

江迟手里的刀叉在点缀着水果的圆饼上划了一道，露出圆饼的斜切面，内里看起来干燥又粗糙：“芝士是去年的吧？连丝都拉不起来。”

助手使了个眼色，西装男会意，这两道菜很快就被人端了下去。

江迟面色沉得厉害，切下羊排一角，放进嘴里细细地咀嚼，眉头终于逐渐松开。

羊排上浇的酱汁应该是用羊排原汤搭配葡萄酒熬的，火候也足够，味道虽然浓郁却也没有盖过羊排本身的味道。肉质不柴，一口下去甚至有些微红紫色汤汁溢出。摆盘也精致，羊排右侧摆放了一小枝迷迭香，绿色香草碎均匀地铺洒在四周，视觉上还过得去。

之后的 Lobster ThermIDor（焗龙虾）也还不错，主菜都中规中矩，味道尚可。

身边的西装男眼尖地递过来一份菜单，江迟拿起笔，唰唰写了几行字。

江迟整理好记录，偏头：“漱口水。”

九点左右，这场长达两个小时的品鉴会，终于结束。

江迟活动了一下有些僵硬的脖子，正准备离开，外面突然变得喧闹不已，脚步声和说话声混在一起，像嘈杂的二重奏。

酒店大堂里已经来了不少穿着礼服的男男女女，透过巨大的玻璃窗，还能看到酒店不远处的广场上已经搭建好的巨大舞台，围满了人。

江迟正想离开，助手搡了搡他胳膊，指了指右侧摆满了食物的长桌：“老板，你身前十二点钟方向，有个美女。”

江迟顺着他的手看过去，目光定住。

有那么一秒钟，他宁愿自己看错了。

长桌后的宋亦然捏起一块甜点，塞进了嘴里，嚼了几口，吞入腹中。

应斗猫管理员苏澄的要求，她在这个时间点和另外几个吃播播主同时直播，为了吸引观众，斗猫平台也是很拼。

幸好酒店网速好，才没把她特意化了妆的脸卡成马赛克。

她分了点心看手机上快速闪过的弹幕——

[好多吃的啊，然然在哪里？]

[前几天斗猫官方平台发布了嘉年华时间，应该是在嘉年华吧。]

[我就知道然然会来，已经买了门票打算入场了！]

[求偶遇啊女神！]

[我的青枝宝宝呢？没开播，也不在你镜头里，没来参加吗？]

[催吐狗，不要脸。]

[孤立楼上。]

宋亦然边吃边回复，觉得口渴，又端了杯果酒一口喝光：

“我在斗猫举办的嘉年华宴会上，一会儿表演要开始了。”

“青枝？她在后台准备，要上台唱歌呢。”

“买了门票想偶遇？别偶遇了，我长得太漂亮怕你承受不住。”

弹幕内容瞬间全都变成了“不要脸”。

宋亦然抓了个马卡龙丢进嘴里，笑起来：“哈哈哈，我开玩笑的，下午会有斗猫工作人员安排签名会，所以不需要偶遇也能见到。”

江迟驻足看了一会儿，额角抽了抽。

他眉头从刚才看到宋亦然起就一直皱着，半晌无言。

作为一个专业并且顶尖的美食品鉴师及高级厨师，江迟对每一份食物都很严谨和认真。

在他眼里，吃饭是一种生活态度，美食则是一种最温暖的治愈。

所以，他吃东西的时候从来不会分心，这是对食物的尊重，也是对厨师的尊重。

江迟非常痛心。

由于职业原因，他看到对食物持敷衍态度的人，就会忍不住想要上去提醒她：拿好你的餐具、关掉你的手机、不要说废话，认真对待你的食物。

他看得浑身难受，正打算走过去，口袋里的手机振了振，制止了他的脚步。

江迟盯着宋亦然，按下接听："什么事？"

"大少爷，小少爷又不吃饭了，这可怎么办啊？"

"知道了，我马上就回来。"

江迟收好手机，又看了宋亦然一眼，眉头皱得更厉害。

算了，不相干的人管她怎么吃，最好下次不要再碰到了。

03

刀刃贴上三文鱼的背脊，江迟快速地将鱼皮剥下，去鱼骨，将橙黄色鱼肉片成薄片，调酱。

牛排吸去血水，洒下黑胡椒，下锅，正反两面分别煎两分钟至外表微焦。

摆盘之后，在意面上淋上漂亮的番茄酱。

他特意坐了最快的一趟高铁从苏市赶了回来，他赶在十二点半前把午餐做好，因为十二点半是最佳进食时间。

管家随即把食物端上桌："小少爷，请。"

江璟顿了顿，才拿起餐具。

他其实并不想吃东西。

江迟解开围裙，从他的角度刚好能看到江璟低头安静吃着东西时清晰的下颌线。

最近江璟胃口奇差，不吃会饿、吃多了又会吐，人也恹恹的，提不起精神来。就算他亲自下厨，江璟也只勉强吃了一小半，就搁下了餐具。

江迟这个弟弟向来沉默寡言，谁也不知道他心里的想法。也正因为江璟从小到大都让人非常省心，所以突然出现这种情况，他也有点措手不及。

想了想，江迟拿着手机走到阳台上，给私人医生打了个电话。

然而，十分钟后，江迟挂掉电话，重新走进餐厅时，却发现江璟正在认真地切牛排。

江迟：……

江璟耳朵里塞着耳机，虽然不知道他在听什么，但是吃了就好。

江迟感到非常欣慰。

与此同时，宋亦然在嘉年华上已经吃饱喝足了，甚至十分满足地打了个嗝。

[容我说一句，刚才然然那个嗝，打得很销魂。]

宋亦然刚好瞥到这条弹幕，笑着回了一句："你这样会失去我的。"

[你这话好有歧义，说得好像我拥有过你一样。]

她刚要说话，手机屏幕上一架红白相间的飞机劈头盖脸地砸了过来。

顿时，整个直播间都被一片“666”刷屏。

上次说游艇是虚拟礼物中第二贵的，那么这架飞机就是斗猫虚拟礼物中最贵的，折合人民币是15000元。

宋亦然惊呆了！

开播到现在，她很少收到这类特别贵的礼物，她也很理解，毕竟只是吃个饭而已。不过近一段时间，她的收入直线上升。

宋亦然看了眼送礼物的人，依旧是那个熟悉的ID，依旧是那种熟悉的操作。

她第一次见到有人能把“富裕”两个字，诠释得这么彻底。

于是她诚恳道：“土豪，我们做朋友吧。”

然而土豪并没有跟她聊天的打算，真正做到了“事了拂衣去，深藏功与名”。

只留下耀眼的金色ID在贡献榜上闪闪发光。

江迟第二次走进餐厅，看到的便是管家还没来得及收拾的餐桌。

两个空盘子里只有食物残留的汤汁。

江迟眉头终于舒展开：“阿璟走了吗？”

管家边收拾桌子，边回答道：“司机已经送小少爷去学校了。”

最近一段时间，因为江璟突然变差的胃口，江迟实在不放心让他继续在学校吃午饭，所以干脆派了司机每天中午都去学校接人。

至少他做的东西，江璟还能吃两口。

又涨粉了。

宋亦然手指在手机屏幕上滑了滑，她直播时都会在微博贴上斗猫直播间的链接，保证两个平台的粉丝都能看到直播消息。

刷了一会儿评论，随意挑了几条回复，她余光瞥到唐青枝走了过来，随即关掉手机，把手边的矿泉水递了过去："水给你准备好了。"

"可累死我了，娱乐主播真不是人干的事。"唐青枝接过水灌了几口，深色礼服勾勒出她美好的身材曲线，她抱怨完，嘴巴闲不住，开始用腻得人发慌的嗓音说："然然宝宝真贴心。"

宋亦然："闭嘴吧，你。"

她刚在舞台上唱了好几首歌，观众十分热情，于是主持人让观众点歌，她又多唱了几首，喉咙都要冒烟了，现在额角、手心全是汗。

宋亦然站起来摸摸肚子，满足道："走吧，先去休息一下，晚上还有宴会。"

"你还要吃啊？"唐青枝惊恐地看着她。

"你有没有听过伟人说的一句话？"

"什么？"

"吃，生命中最重要的事。"

唐青枝沉默了一会儿："哪个伟人会说这种没营养的话？"

宋亦然舔舔下唇，勾唇一笑："宋·伟人·亦然。"

斗猫嘉年华的晚宴一直持续到晚上十点才结束，宋亦然来之前就订好了房间。

他们吃喝在酒店一二楼，住的房间就安排在三楼。

她拖着已经微醺的唐青枝刚要去乘电梯时，包里的手机跟磕了药似的不要命地振动起来。

宋亦然艰难地摸出手机，勉强看清了来电显示，顿时浑身紧绷起来：“完了！是我妈！”

她这一声，把唐青枝已经涣散得差不多的意识都唤了回来，她睁大眼睛：“怎么办？”

郭女士有个爱好——查岗。

自从宋爸爸几年前因为癌症去世后，她就养成了这个习惯。

宋亦然战战兢兢地接通电话：“妈，晚上好。”

这个时候酒店里参加嘉年华的人还没完全离开，又玩游戏又吃东西的，很热闹。

喧闹声传到听筒里，郭女士微微皱眉：“好什么呢？都十点多了，你在哪儿？怎么这么吵？”

宋亦然默了一瞬，紧接着十分自然地回答：“我加班呢，一会儿就回去了。”

一般这个时候，越是紧张，越是要表现得像是什么也没发生。

只要稳住，她就赢了。

唐青枝默默冲她竖起大拇指，强还是她宋亦然强。

郭女士显然不信："你一个老师，加什么班？"

宋亦然继续瞎掰："最近孩子们不是月考了吗？我得改好几套卷子，学校的很多老师都在这里改卷子呢。"

"改卷子为什么动静这么大？"

"因为……刚刚叫的夜宵到了，我们在一边吃一边改。"

郭女士似乎找不出什么破绽："哦，那你注意注意，别把油滴到卷子上了。"

"好嘞。"挂掉电话，宋亦然长舒一口气，还好她机灵。

唐青枝扶着桌面站稳，她本来也就半醉不醉："可以啊兄弟，求生欲惊人地强。"

宋亦然收起手机，拽着她去按电梯。

"要是我妈发现我在做主播，估计会气得奓毛。"

宋亦然忧愁地抓了抓胸前长发："还能省一笔烫发钱。"

她是一名十分普通的师范生，今年毕业，郭女士其实一直以为她在学校当实习老师。

郭女士对她要求并不高，只希望她安安稳稳地当个老师，工作稳定，工资有保障就行。

去年她接触吃播时，还只是把它当作兴趣发展的，没想到机缘巧合之下，她的直播因为热度高直接被顶到了首页，然后斗猫的工作人员就来联系她了。

唐青枝拍拍她的肩膀："做直播可比当实习老师赚钱得多，而且吃住都不差。阿姨要是知道你年薪多少，大概就不会反对了。”

“要是以后不做直播了，我就不知道该怎么办了。”宋亦然从包里摸出房卡开门，像是想起了什么，问，“对了，你那个网店是怎么弄的？我是不是也得开一家，万一吃不动了，至少还有个店养我啊！”

唐青枝十分支持：“可以啊，你要卖什么？”

宋亦然理所当然地道：“当然是卖吃的啊。”

“你没救了。”

“等等，我觉得我还能抢救一下。”进了房间，宋亦然拿起卸妆膏，诚恳地征求她的意见，“那你觉得，我该卖什么？”

唐青枝开始给她科普：“当然是服装啊！现在女人都那么注重打扮，服装是每个女人衣橱里都缺少的东西。而且你粉丝那么多，又天生一副衣架子，根本不用愁衣服卖不出去。”

她仿佛已经看到了无数金钱在向自己招手，这该死的铜臭味争先恐后地涌进鼻腔。

唐青枝露出慈爱的笑容：“答应我，然然，苟富贵，勿相忘。”

“我想卖零食……”

“为什么？你确定零食销量会比服装高？”

“不是……如果卖不出去的话，我自己还能吃。”

OK，算了。

她这半天都白说了。

像宋亦然这种“钢铁般的直女”，是不能用正常思维来解读的。

唐青枝盯着正准备去洗澡的女人露在外面的笔直纤细的双腿，一顿捶墙。

果然最讨厌这种天生条件好还不好好利用的人了！

04

“怎么样了？”

江迟紧张地盯着面前一身白大褂的男人。

私人医生已经把江璟全身上下都检查了一遍，这会儿刚拿到检查单。

他仔细把单子看完，才说：“没有检查出什么病症，小少爷应该是这段时间压力过大，所以才导致食欲不振。”

江璟安静地站在一边，身上还穿着校服，他人清瘦腿又细，蓝白相间的校服挂在身上显得有些空荡。显然是被临时拎过来的，他低垂着眼睫，闻言抿了抿唇。

“不过，按照他现在的状况，如果之后还是一直没胃口吃不下的话，很有可能会往神经性厌食症方向发展。”

厌食症对身体危害极大，何况江璟还是个正在发育期的少年。

出了医院，江迟迟疑了一下，才看着刚到他胸口高的少年，问道：“阿璟，是不是学习压力太大了？”

江璟今年读高二，压力大确实很正常。

“没有。”江璟人有点阴沉，不爱说话，从小就是这样。

他不说，谁也不知道他在想些什么。

江迟显然也了解他的性子，知道自己问不出来什么，转身就要给裴一允打电话。

裴一允是心理医生，他应该能给江璟疏导疏导。

像是知道江迟的想法，江璟突然抓住他的手，低声又决然道："我不去。"

江迟垂下眼睑："那你告诉我最近发生什么事了？"

"没什么事，我也不会把自己弄垮，回家吧。"

江璟说完，迈开腿就坐上了车，拒绝跟他有过多的沟通。

车窗关得很严实，江迟看他这样，不胜其烦地捏了捏眉心。

"欢迎来到[然然胃口小]的直播间，今天要吃的是麻辣小龙虾……"

中午十二点，宋亦然准时开播。

她的直播时间固定在每周三和周五，如果没什么大事，一般不会延迟。

前几天她接到了商家的约吃私信，吃的又是她喜欢的小龙虾，几乎没有犹豫她就同意了。

镜头扫过桌上一盘盘红彤彤的小龙虾，引人垂涎，弹幕接踵而至。

[瞧瞧这一大桌子，得花多少钱啊？]

[看着有十几斤的样子。]

[想吃！]

[每次看然然吃饭就觉得很有食欲。]

[今天也是羡慕然然的一天呢！]

[日常打卡。]

[然然开播啦！代表全体粉丝送上祝福，撒花撒花！]

商家发起的约吃活动，其实也就是让宋亦然给他们店打广告。

这种活动一般都是免费的，或者宋亦然只需要支付一半的钱，所以非常划算。不过她也不是什么约吃活动都会接，她比较有原则，去的都是口碑还算好的店。有些店里连营业执照都没有，请她去直播，她根本不会理。

想起这个，于是她一边制造话题跟粉丝吐槽某些无良店家，并强调吃饭的时候一定要睁大眼，一边快速剥着小龙虾。

与此同时，江家客厅，江璟戴着耳机，专注地看着直播。

他面前是阿姨刚做好的饭菜，还冒着袅袅的热气。

江迟刚联系完裴一允，转个身的工夫就发现江璟已经拿起了勺子。

管家立即解释道："小少爷最近喜欢上了一个女主播，说来也奇怪，他每次看那个女主播吃饭，自己就能吃下整整一碗饭。"

江迟蹙了蹙眉："什么主播这么大能耐？"

不可避免地，他想到了几天前在斗猫嘉年华上看到的那个女人。

那个吃相……

管家在微博上搜出一个账号："就是她。"

江迟低头看了一眼，嘴角抽了抽，顿时整个人都不好了。

真的是她！

管家已经点开了宋亦然微博分享的直播链接，手机上立刻出现了她的直播画面。

江迟看着屏幕里那个边剥小龙虾边调戏粉丝的女人，双手油腻不得空，连手套都不戴，眉头跳得厉害。

其实宋亦然不戴手套是因为热天会很闷，而且即使戴了手套也会漏油。

"有小粉丝说想学一下正确的剥小龙虾的方法，那我就给大家演示一遍吧。看好了，只教一遍哦。"

"先把龙虾抓起来，然后——"

江迟被宋亦然突然拔高强调的声音吓了一跳，眉头跳得更厉害了。

"拧断它的头！"

"……"

"我开玩笑的，这一步是掀开腮盖，吸掉虾黄。"

看他露出十分扭曲的表情，管家忍不住问："您认识？"

江迟摆摆手："不认识。"

谁想跟她认识?

“除了她，阿璟还看谁的直播？”

管家把手机收起来：“没有了，小少爷只看这个女主播的。”

江迟有点头疼，大步走到了江璟跟前。

江璟原本正边盯着手机屏幕边吃饭，突然身边一暗。他抬了抬头，看到江迟露出有些难受的样子，皱了皱眉：“哥？”

江迟目光在他面前的菜色上转了一圈，家里新来的李阿姨是从 Markgot 餐厅调过来的一位主厨，西餐做得非常棒。但这不是重点，重点是他发现所有食物里，江璟动得最多的，就是那盘焗龙虾。

江迟面色变得十分复杂，盯着他摆摆手：“没事，没事。”

有事啊!

天大的事啊!

他本意是想让江璟换个有品位的直播看，至少换一个吃相文雅的主播啊……

实在不行，看看他也好，他绝对是个正面例子!

但是，盯着那盘逐渐消失的焗龙虾，江迟陷入了沉思。

05

桌上的虾壳堆积在一起，像座小山。

直播时间已经进入尾声，宋亦然边吃边给大家科普：

“现在才 4 月份，小龙虾的肉还不算很饱满，不过解解馋还是可以的。吃小龙虾的最佳时间段是6月到8月，这个时间的小龙虾最肥美，那么我们下次再约一波。”

她说完，弹幕纷纷飞起。

[不约，姐姐我们不约。]

[约……约不起……]

[一开始以为是个美女，看完才发现是条汉子，对不起，打扰了。]

[楼上真相了，想当年我也是因为她的颜点进来的，结果……看着我日渐变粗的大腿，忍不住流下了悔恨的泪水，找不到女朋友了，要然然负责。]

宋亦然盯着不知不觉就已经下肚的十斤龙虾剩下的虾壳，觉得自己应该解释一下：“我也不是每天都吃这么多，相信我。”

[对，我们信你每天都吃这么多。]

宋亦然沉默了一会儿：“别这样，再这么说下去我怕引起公愤。”

屏幕上一堆问号。

[啥公愤？]

宋亦然抿抿唇：“我吃得多还身材好。”

[我是做错了什么，要嘴欠问一句！]

[OK，打扰了。]

[主播进行人身攻击，随手举报不用谢，我叫雷锋。]

宋亦然看着弹幕，摊手，理所当然地说："看吧，我就说会引起公愤。"

江迟窥着屏幕，好看的眉头越皱越紧。

天知道他多想撕开屏幕走到宋亦然身边去，再拿十斤龙虾肉堵住她的嘴。

什么叫作食不言？

能不能好好吃东西？

这个态度也太不端正了！

在美国接受过优等教育的江迟，现在手很痒。

他从小在国外长大，周围都是生活得十分精致的女孩，一言一行、一颦一笑都很优雅，已经很久没有见过像宋亦然这种让他想要教她做人的人了。

"好啦，我今天就吃到这里，这家店的店名很有个性，叫'做虾，我们是认真的'，地址在城中 ×× 路 ×× 街，有空可以去品尝。"

宋亦然活动了一下脖子，她说了会正大光明地打广告，就会正大光明地打广告。

"那么我们下次再见，各位，送给你们一个火热的吻，mua！"

宋亦然吃麻辣小龙虾吃得鲜红的嘴巴微微嘟起，甜腻的一个飞吻仿佛要从屏幕里蹿出。

江迟因此吓得丢掉了手机。

现在的女人，真可怕。

桌面上的手机振了振，江迟不得不重新拿起来："喂？"

裴一允的声音从手机里传出来："我在微信上给你发消息了，你怎么不回我？"

他不好意说自己在看直播，于是咳了一声："在忙。"

"噢，你之前说的小璟的情况，我了解了一下。他如果不愿意接受心理疏导，那我也没有办法。他最近有关注什么其他的东西吗？只能从这方面入手了。"

江迟沉默了一下："有，看吃播。主播是个女生。"

裴一允愣了一下："啥玩意儿？"

"吃播，就是看别人直播吃东西。"

说实话，在这件事之前，他也不知道吃播是什么意思。

"真没想到，小璟还有这种爱好。不过这也是一个可着手的方面，他是看吃播就能吃下饭吗？"

"嗯，吃得会比平时多。"

"那就好办了。他喜欢看那个女主播的吃播很有可能是因为那个女主播在某一方面对他产生了吸引力，所以导致他在看直播的时候想吃东西。你先关注那个女主播，看看她能影响小璟到什么程度。"

电话挂断后，江迟硬着头皮申请了一个新的微博号，关注了宋亦然的微博。

她微博里关注好友不多，有好几个大V吃播推广号。

关注完后，江迟又马不停蹄地下载了斗猫直播，同样关注了她。

下一秒，窗口弹出一条提示：主播[然然胃口小]一分钟前发了动态，快来留言吧。

——这周直播圆满结束，下周吃什么好呢？

江迟嘴角抽搐。

吃吃吃，就知道吃。

06

为了江璟，江迟每到周三周五，就会暗戳戳地守在电脑屏幕前。

他已经在斗猫上注册了一个账号，就为了在这个时候发弹幕。

裴一允说他这个样子，很像一个变态。

为了不让自己的弹幕淹没在滚滚红尘里，江迟特意开了个斗猫的超级会员。

超级会员里，有一项专属权利，就是所发的弹幕会是彩色状态，并且会在屏幕上停留三秒，足够让主播看到。

[游客123：吃鸡腿麻烦剔下骨，谢谢。]

宋亦然一时间竟然分不清发这条弹幕的人是粉还是黑，于是选择了无视。

结果下一秒，屏幕上飞扬的彩色弹幕差点晃瞎她的眼。

[游客 123：剔骨剔骨剔骨。]

[游客 123：剔下骨再吃吧，求你了。]

[游客 123：啊啊啊，把骨头剔了再拿筷子夹着吃不好吗？]

[游客 123：真的好难受。]

宋亦然：……真是个讲究人。

这么想着，宋亦然拿出手机，点进自己的直播间，找到了这个人。他的资料上还是系统自带的初始头像，一只打着盹的猫。他的关注数只有 1，而且就是她，浏览记录也只有她，全是她的直播或者回放。

这还不是最厉害的，厉害的是，这个账号大概是新注册的，发布的动态除了新号刚创建时的系统提示状态，其他的全是截的她吃饭时候的 gif 动图，丑得惊天地泣鬼神，并且每张图上都配有这样一行字——

请你对食物好一点吧。

宋亦然都要怀疑，这人的超级会员，是不是专门为了她而开的。

[食物都是有灵魂的，食物是人类的好朋友。]

[这么对待一个柔弱鸡腿，你的良心真的不会痛吗？]

宋亦然立即就感动了，有这样一个心怀食物的粉丝，真的很不容易啊。

于是她忍不住回道：“这么对待一个柔弱女子，你的良心不会痛吗？”

她这么一问，粉丝全都炸了。

[关键你得是个弱女子啊，然然！]

[弱女子，你认真的？]

[不，我们的主播是条一个人能吃十斤龙虾的女汉子。]

宋亦然扒了口饭：“不，我还是个宝宝，我需要你们的关爱。”

粉丝又开始拆台。

[你 21 岁了，然然。]

[主播比我还大三岁，我才是宝宝。]

[抱歉，我 05 后。]

宋亦然：“再见。”

江迟盯着屏幕里的女人毫不听劝、一意孤行地拿起第二个鸡腿准备啃时，五官终于变得扭曲起来：“谁能告诉我，为什么阿璟会喜欢看这种粗鲁的直播？”

裴一允原本捧着自己的手机在看什么，闻言也凑过来看了一眼："还好啊，国内大多数人吃饭不都是这样的吗？"

江迟瞪大眼睛："你们吃饭之前不先把鸡腿剔骨？"

裴一允笑了："大少爷，吃个饭而已。"

哦，那就是不剔。

江迟满脸冷漠，不知道自己究竟生活在一个什么地方。

就在这时，江迟看到一个金光闪闪的ID，亮到让他怀疑人生，这人刷了一排又一排的豪车。礼物赠送信息一下子盖过了他发的满屏彩色弹幕。

江迟看着这个叫[江璟]的ID，忍不住又陷入了沉思。

是他认识的那个江璟吧？

屏幕这边，宋亦然也乐了。

江璟大老板真是她的财神，看来之前在微博上转发锦鲤说想发财的这个愿望不久就会实现了。

江迟揉了揉太阳穴，生出一阵无力感。

拿什么拯救你，我的弟弟……

"我决定了——"

江迟站了起来，盯着窗外的某处。

等了一会儿，没听到回复，江迟依旧平视前方，却忍不住抬脚踢了踢身边的人："你怎么不问我决定什么？"

裴一允随口问道："决定了什么？"

"我要去开直播，纠正宋亦然吃饭的恶习，免得她带坏了江璟。”

他根正苗红的弟弟，一定不能毁在宋亦然手上。

裴一允“哦”了一声。

没有收到预想中爆炸的效果，江迟偏了偏头，发现裴一允正疯狂点着手机屏幕。

“你在干什么？”

裴一允百忙之中抬了抬头：“月底了，给我家小枝枝冲榜。”

“请告诉我，小枝枝是个什么称呼？”

“一种爱称，你不懂的。”

江迟默了一会儿，面色平淡，OK。

他拿起桌上的外套，唱起了歌：“我拿什么拯救……”

07

电脑右下角显示的时间已经到了下午一点，宋亦然熟练地收尾下播。

拍拍圆滚滚的肚皮，她想起隔壁房间还有个人，于是轻手轻脚地摸了过去。

唐青枝房门没关，她正准备猛地蹿出来吓唐青枝一跳，结果她刚蹲着走了没几步想要跳起来时，唐青枝扭过了脸。

两人进行了略显尴尬地对视。

几秒钟后，宋亦然当作什么事情也没有发生，从容不迫地站了起来。

“那什么，我就是想告诉你，今天你的午餐又被我吃了。”

唐青枝看着她：“你刚刚想干什么？”

“想吓你一跳。”

唐青枝突然哈哈哈惊悚地笑开，对着麦克风说道：“看吧，我就说她是想吓我一跳，你们输了输了，自觉点的，礼物刷起来！”

瞬间，屏幕上砸过来的礼物层出不穷，伴随着络绎不绝的弹幕，看得人眼花缭乱。

[青青猜得贼鸡儿准。]

[啊啊啊，我刚从然然直播间来到青青直播间，结果参与的第一个竞猜就输了，嘤嘤嘤……]

[运气真不好。]

[哈哈哈，我猜对了，开森（开心）！]

弹幕越刷越快，几乎一闪就过去了几十条。

唐青枝指了指摄像头：“我今天把摄像头调低了一点，你刚刚蹲着进来的时候，我的屏幕上就出现了半个脑袋，完美记录了你走到我身边的全过程。”

“……”

“粉丝都在猜你要做什么，我就顺便发起了竞猜活动，输了的要刷小鱼干。嘿嘿，我可真是个天才。”

宋亦然对她这种行为感到十分不耻。

唐青枝突然躲开麦克风，压低声音道："看到没，一个多么随意的互动，我直播间里的观众就涨了几万。"

"所以呢？"

"所以，你以后直播的时候能不能别老是吃吃吃，也干点其他的？"

"干点啥？"

唐青枝挥挥手："当我没说吧。"

宋亦然觉得她这种"看破不说破"的行为，比刚才那种行为更加不耻了。

不耻归不耻，宋亦然想起自己来这边的目的，还是平和地说："家里没食材了，我去趟超市，记得给我开门。"

"行，顺便给我带两盒酸奶。"

下午一二点是一整天里最热的时间段，宋亦然作为一个精致女孩，于是拿了把伞。

其实她不是很愿意在这个时候去超市，但是她不去的话，唐青枝估计会饿死。

因为她不喜欢吃外卖。

小区到超市走路的话只需要十分钟，宋亦然撑着小花伞路过一辆黑色轿车，没多久，又撑着小花伞后退着回到了车身旁边。

她四下看了看，确定路上没什么人，于是收起伞，看着车窗玻璃上印出的自己的脸。

怪不得她怎么老觉得自己这张脸有点不对劲，她出门的时候，忘了涂口红！

她直播的时候一般会化个淡妆，但是不会涂口红，毕竟涂了就被吃掉，实在太浪费。

“啧，我真是个小迷糊。”宋亦然说着，然后被自己矫揉造作的声音恶心了一下。

她从包里摸出一支口红，对着车窗玻璃从唇心开始往边缘抹开。

就在这时，车窗玻璃缓缓地降了下来。

“小姐，你是不是对我的车，有什么误解？”

这辆车的车窗是单向透视玻璃，宋亦然看不见他，他却把她的举动全都收进了眼底。

宋亦然手抖了一下，那支 charm 定制的琉璃红金，就这样“啪”的一声掉在了地上，折了。

红色膏体脱离金属管，在水泥地面擦出一条长长的痕迹。

宋亦然的心，也跟着折了。

时间好像静止了一下，宋亦然盯着在阳光直射下逐渐开始融化的口红，半晌没有动作。

江迟的手还握着方向盘，看她这样子，忍不住问道：“要不要捡起来用？”

“……”

宋亦然咬牙切齿地抬起头，面容狰狞又扭曲，惊吓之下口红沿着嘴唇划到了腮边，像是咧开的小丑的嘴，她一边愤愤地擦拭着，一边盯着他。

男人长得倒是人模人样的，穿着白色衬衣和西裤，手握着方向盘，但那努力想藏住的嘲笑在烈日下还是那么明显。

宋亦然露出一个冷笑。

江迟眉头直跳。

只见女人抬起纤细葱段般的手指，先指了指自己，再指了指他，然后默默地竖起中指。

“别再让我碰到你。”

“……”

超市空调开得很足，与炎热的室外形成鲜明对比。

宋亦然心还疼着。

那支 charm 口红是她去年生日的时候，她特意给自己定制的礼物，花了大价钱。

平时舍不得用，好不容易用一次，还给摔没了。

心在滴血。

越想越悲愤，宋亦然抱着酸奶架子：“苍天啊！这辈子都别让我碰到那个瘟神了，否则我一定怼他到天明！”

她号完，身边那只想拿架子上那排酸奶的骨节分明的大手，慢慢地缩了回去，垂在腿侧。

宋亦然顺着他的手看过去，西裤、白衬衫，五官精致的那张脸。

两人沉默着对视了一眼。

男人很高，他低着头，能看见他头顶上的灯光洒在眼里闪烁的光斑。

丧，真的丧。

"你……"江迟看着宋亦然，委婉道，"你平时……"

宋亦然抱头："别说了，我不就借你的车窗补了个妆吗？至于吗？"

"不是这个，你平时……"直播的时候，吃东西能不能讲究点？

他还没说完，宋亦然就做了个"闭嘴"的动作，满脸冷漠："我不听我不听我不听，你走吧，我怕我控制不住身体里的洪荒之力，而你，很有可能会是我毁掉的那支口红的祭品。"

江迟转身就走。

他开始想念美国了。

宋亦然拎着食材打算结账的时候，三度遇到了江迟。

江迟就排在她前面，手里也拎着食材。

她面如死灰地盯着天花板，在心里不断提醒自己：

旧的不去，新的不来。

塞翁失马，焉知非福。

江迟实在忽略不了她身上不停散发着的怨气，抿了抿唇："要不，我赔你一支？”

顺便你也改改你吃饭时候的恶习？

“不……不用了！”charm 的定制款一年就只推出十支。

宋亦然抬起手挡在两人中间：“我们保持一下你死我活的距离，这样会比较安全。”

江迟不打算赔了，皱起眉头：“你怎么随便诅咒别人？”

江璟要真的学了她，那迟早要完。

宋亦然：……

你有本事再说一遍。

开玩笑听不出来？

宋亦然拎着东西半死不活地回到家，唐青枝已经下播了，过来给她开门。

她脸色黑得像上回厨房里烧穿的锅底，唐青枝接过食材：“怎么了？”

宋亦然提起一口气，双手从丹田处抬起，像是在练某种邪功。

“我的胸中——充满了一股浊气！”

08

江迟开车回到家，将食材放进厨房。

他瞄了一眼垃圾桶，这里是最直观的能了解江璟中午有没有好好吃饭的途径之一。

西餐量少，所以李阿姨一般会给江璟做三道菜。垃圾桶里只有一点食物残渣，这证明江璟吃得不错。

不过，今天是周三……

江迟想起刚才在超市里遇到的女人，头疼了一会儿。

看谁直播不好非要看她的？

他几天前就已经确认过了，江璟记得宋亦然的直播时间，每次都会直接打开斗猫直播软件看直播。

江迟手机上没有安装微博软件，所以他只能避开江璟，在电脑上用微博直播。

鉴于之前江璟刷礼物盖过自己那些弹幕这一举动，他就知道如果在斗猫教宋亦然做人的话，江璟一定会生气。

唉，这年头，哥哥不好当。

摸清了微博直播的套路后，江迟在晚上七点的时候开始直播。

这个时间段大多数人都下班放学了，很多人会看直播缓解压力，所以他直播间的人数一下子就从一二百，变成了一两千。

江迟之前一直待在国外，又经营着西餐厅，所以他也只会做西餐，他开始认真专注地处理食材。

弹幕以肉眼可见的速度增长。

[新人主播？侧脸帅到我怀疑人生！]

[长得帅还会做美食，理想男朋友类型啊！]

[帅哥，我要给你生猴子！]

[只有我注意到他做的东西吗？想吃。]

[侧颜帅成这样，好想看正脸！]

[说不定正脸奇丑无比……]

[楼上是男生吧？]

[小哥哥缺女朋友吗？会撒娇卖萌那种。]

江迟做饭十分赏心悦目，西餐的制作也少了不少油烟，干干净净地就完成了几道菜。

端着盘子走到桌边坐好，江迟开始介绍："这道菜叫迷迭香椒盐鸡腿卷，适合当加餐小吃，两个下肚就会有饱腹感。做法也很简单，鸡腿剔骨，一定要剔骨，然后……"

弹幕早在他转身的刹那，就疯狂刷屏了！

[我的天啊！正脸也太帅了吧！]

[主播身材好好啊！这个身高，得有 180cm 以上吧？]

[这双腿，够我玩一年！]

[之前说主播正脸奇丑的，打不打脸？]

[啊啊啊，我死了！我被主播帅死了！]

[迷迭香椒盐鸡腿卷，请你放开那个主播，让我来！]

[啊啊啊，声音也好苏啊，我真的死了，要主播亲亲才能活过来啊！]

江迟抽空看了眼弹幕，眉梢不着痕迹地动了动。

看到最后，弹幕里只剩下了“啊啊啊啊”。

弹幕刷得太多太快，江迟看久了，都快看不清是什么内容了。

他有点苦恼，这和自己想象的场景不太一样。

这些人难道不应该问问做法细节吗？

再不济，不也应该问问好不好吃？

夸他好看的这些弹幕，会让他骄傲的啊！

没有忘记自己开直播的初衷，江迟一边优雅地拿出刀叉，一边说：“享用美食的时候，应该专注、全心全意、眼里只有它，要做到心无旁骛，不要说话。”

“嘘——”

江迟讲完，就开始安静地吃东西。

[嘘——我老公要吃饭了！]

[老公！我的眼里只有你啊！]

[好好好，我们不说话了，我们看你吃！]

[啊，吃饭的样子也好好看啊！同样是人，为什么我男朋友就这么矬？]

[糟了，是我掉的男朋友啊！]

下播后，江迟看着自己微博账号下的10万粉，还是比较欣慰的。

他作为一个新人主播，热度已经比较靠前了。

粉丝数还在往上涨，应该很快就能到 20 万。

为了增加热度，江迟特意开了微博会员。

直播视频太长，江迟特意上网学了视频剪辑，剪辑成短片后发到了自己的微博里，并配文：鸡腿的一种吃法，做之前请记得剔骨。

转发无数。

几个小时后，他剪辑的视频被几个大 V 吃播推广博主转发，留言越来越多。

他想象着宋亦然刷微博的时候，刷到自己的直播视频，然后反省自己，从此开始认真吃饭走上正轨，就觉得很开心。

第二天，江迟的微博上了热搜排名第九。

热搜关键词是——

游客 123。

09

[今天的热搜关键词是什么意思？谁来给我科普一下？]

[游客 123，美食博主，男性，帅，科普完毕。]

[做西餐的小哥哥，长得比娱乐圈里的小鲜肉都帅啊！]

[妈耶，刚看了他的视频，真的好清纯不做作啊，跟外面的妖艳贱货好不一样。]

[帅哥，有女朋友了吗？没有的话，你看我行吗？]

[呵，我是他女朋友，楼上死心吧。]

[这是我老公，楼上了解一下。]

[只有我一个人觉得这个主播很做作吗？一个吃播而已，搞得这么与众不同，不就是在博眼球？你们都瞎了吗？]

[笑，楼上居然不加一个保命狗头？]

江迟刷着微博，直接忽略了那些说他做作和调侃的留言。

谁的成功路上还没点挫折了？

现在网络上的吃播大多追求速度和分量，主播狼吞虎咽，一张嘴里塞得满满的，很少有像江迟这样讲究质量和态度的。就因为这样别具一格的吃法，再加上他的盛世美颜，几天内，江迟的微博粉丝数突破了 100 万。

这期间，每次他的直播和后期剪辑好的视频，转发数都会超过 5000，评论也绝不会少于 3000，算是一个知名美食博主了。

私信里躺满了各种活动邀约，江迟粗略地看了一眼，最后视线停在其中一条上。

——游客先生，我是 ×× 娱乐公司的经纪人，您的外貌身材条件都非常好，想问问您有没有进入娱乐圈的想法？

像是怕他直接拒绝，又发了另一条信息过来。

——我能保证您的资源问题，希望您好好考虑。

裴一允也看到了，啧啧两声："你要去吗？我觉得你能火。"

面前的男人，从小就是别人家的孩子，长得好、学习好、性格好，典型的三好学生。

他小时候可没少受江迟的荼毒。

这人明明可以靠脸吃饭，偏偏还要靠才华，真是让人生气。

江迟看他一眼：“我是这种肤浅的人吗？”

他说完，顺手点开了斗猫软件。

今天周五。

十二点整，宋亦然打开了直播。

早已经端着碗嗷嗷等待的粉丝纷纷发射弹幕。

宋亦然依旧化了淡妆，今天创新了一下，抹了点粉色的眼影。

“为什么换了个妆？这不是夏天快来了吗？最近莱城气温高得像是能把人烫熟，就化了个夏日妆，是不是很小清新？”

“看弹幕发现你们好像都很喜欢这个妆容，那我待会儿就出个教程吧！真奇怪，我明明是个美食博主啊，哈哈哈……”

她人在一家小吃店，大中午的，店外不少人顶着太阳在排队。

好在店内开着空调，她之前做美食攻略的时候，不少人推荐这里。刚好她又没什么想吃的了，就收拾收拾找了过来。

江迟看了眼她面前桌上摆的东西，眉心皱了皱：“这是什么？”

一块块黑乎乎的小方块，长得很不讨喜。

裴一允笑他：“老哥，你果然是从国外回来的。莱城有名的臭豆腐，听说过吗？”

江迟把手机拿远了一些，仿佛隔着屏幕都能闻到臭豆腐的味道。

他戴着耳机正准备下楼，恰好看到江璟边从房间走出来带上门，边低着头从校服口袋里摸出一副耳机戴好，点开了手机。

他的房间就在江迟隔壁，江璟抬头时刚好看到面前的两人。

看到裴一允，他浑身一僵，没什么表情地抿抿唇，眼底有浓厚的荫翳在蔓延，身侧垂着的那只手突然握紧。

裴一允双手插兜，跟他打招呼："小璟，中午好啊。"

他平时话少，今天难得主动开口："我不看心理医生。"

能看得出来，他对这件事很抗拒。

裴一允看他的样子，笑了下，试图缓解他的紧张："我只是来做客而已。"

闻言，江璟神情松懈了一点，他握了握手机，绕过他们径直下了楼。

江家吃饭比较讲究，一般十二点半开餐，因为宋亦然直播的关系，江璟提早到了十二点。

李阿姨把食物端上桌，似乎也知道每次江璟吃饭时拿出手机，那必定会吃得多一点，于是又一头扎进了厨房，打算多弄一个菜。

江璟盯着面前的食物，没什么表情起伏地说道："豆腐。"

江迟就在旁边，他看了眼手机，又看了眼江璟，心里全是绝望。

完了，他根正苗红的弟弟真的往宋亦然的方向发展了。

10

“听说这是莱城最正宗的臭豆腐，所以我一口气点了五十片！”

臭豆腐的味道在空气中弥漫，宋亦然闻了一下，露出十分满足的神情。

她脸上明晃晃地写着几个字：香，真香！

“这家臭豆腐炸得很好，外焦里嫩，戳破黑色的表皮，可以看到里面白嫩的豆腐，再洒上秘制的汤汁和葱蒜，加点剁椒，简直人间美味。”

宋亦然夹起一块，塞进嘴里，饱满的汤汁溢出来，浓郁的咸香在舌尖炸开，蔓延到口腔各处。

咽下之后，回味无穷。

宋亦然边吃边评价：“这家的臭豆腐我打 11 分，满分 10 分，多给 1 分不怕它骄傲。”

这家店的臭豆腐 5 片一盒，她面前摆了 10 个一次性食盒，场面很壮观，引来不少人围观。

宋亦然毫无负担面不改色地跟着粉丝侃大山，话说间，50 片臭豆腐悉数下肚。

她伸了个懒腰，摸摸肚子，乐了：“我像不像怀孕了？”

[你这么可爱，怀的一定是个男孩子！]

[我不管，然然肚子里的孩子是我的！]

[肚子里怀的不一定是孩子，可能是肿瘤。]

[楼上吃屎了吧，嘴这么臭？]

[然然，别跟这种人一般见识。]

[说肿瘤的那个你站住，我掏出四十米大刀……转身就给你削个苹果，这个主播十成是兔子！顺便安利隔壁 vivian 的吃播。]

[楼上在给 vivian 招黑吧？注孤生，刚好跟那个说肿瘤的凑成一对。]

弹幕疯狂输出，看得宋亦然眼花缭乱。

她对这种事情一向不太在意，网络上的红人，最容易被莫须有的脏水泼身。

她十分乐观——你说任你说，当真算我输。

她正准备下播，屏幕上突然开始刷起了礼物。

不只是那个眼熟的 ID“江璟”，还有其他粉丝赠送的礼物，一下子把互怼的弹幕内容挡了个严严实实。

宋亦然会一直开直播其实不只是因为赚钱，还有一个原因。

她一开始就做好了被骂的准备，但是每次遇到这种情况，就会有其他的小可爱站出来维护她。

每一个地方，都会有温暖的事情发生。

晚上七点，江迟拿着块豆腐，开启微博直播。

他有条不紊地处理着手头食材：

“今天给大家带来一道以豆腐为主的餐点——奶香虾仁豆腐。”

中午看到的那些黝黑的豆腐块在他脑海里飞来飞去，江迟手里的动作又快了点，恨不得自己有十只手，赶紧把东西做出来。

真有毒。

[小哥哥动作可以慢一点吗？我没看懂这一步……]

[感觉主播受刺激了。]

[哎？主播今天也吃豆腐啊，隔壁然然上午吃了臭豆腐呢！]

就因为她吃了豆腐，所以他才会做这道菜。

江迟用了不到半个小时，把这道菜端上了桌。

长碟里摆放着五块加了椰汁和奶酪制作成的白嫩豆腐块，一字排开。

豆腐块被分割开，中间夹着一片橙色三文鱼，豆腐块上方还盖着一片青色猕猴桃，猕猴桃上涂了一团白色奶油，点缀着一片薄荷草。

红色果酱呈S型绕过豆腐块，被筷子挑开，丝丝缕缕紧贴着瓷碟。

棕色巧克力碎随手洒在边缘，星星点点。

整道菜的造型十分别致，像柔软云朵上染了彩色糖霜。

江迟拿起勺子，在面前铺好一块餐巾：“这样做出来的豆腐十分营养，既可当主食也可当甜点，比路边的小吃健康很多。”

想起宋亦然一口一块臭豆腐的样子，他忍不住道："享用食物应该细嚼慢咽，感受食物传递给自己的感动，而不是囫囵吞枣，这是对食物的不尊重。"

接下来就是安静的享用时间。

他吃东西很认真，弹幕也不看，但他知道，这些粉丝一定在夸他有格调。

吃完后，江迟剪辑好短视频，配字：

——豆腐的另一种吃法。

想了想，他又打了几个字，发送。

——享用食物应该适量，再好吃的食物，吃多了都会腻。

这条微博也被各位大V推荐转发。

隔天，裴一允上门来了解江璟的最新情况，看到了这个视频，忍不住拍他肩膀："可以啊，一块豆腐都被你吃出大餐的感觉了。"

江迟看着他，勾唇："每种食材都能做成一道大餐。"

"行，你说什么都对。"裴一允笑了一会儿，目光扫向楼下，站在二楼走廊能看清整个客厅里的动静，"又是这样，小璟盘子里的东西都没怎么动，这么下去身体怎么受得了？"

江迟最苦恼的就是这个："没有其他办法了吗？最近我做的东西他也吃不下。"

裴一允回忆起前几天的情形，无奈道："你知道的，心理问题极其复杂，除非他自愿接受我的疏导，否则没有任何办法。上次我来的时候，他看到我条件反射似的握紧了手，证明他很不愿意接受治疗。”

说到这里，他又摸了摸下巴：“不过，小璟从小就是个理智的人，双商都很高，他应该不会让自己真的变成医生说的那样。”

江迟叹了口气，习惯性摸出手机，翻了翻宋亦然的微博。

这几天他已经把宋亦然的微博内容全部翻了个遍，随手刷新，居然刷出了一条新消息。

——加播预告，周六是个好日子，约上好朋友一起去美美地吃上一顿烤肉吧！

九宫格图片里全是肉类，看起来像是把整家店里的肉都搬了过来。

江迟眉峰耸了耸，浑身难受起来。

怎么有这么能吃的人？

“她……看起来完全没有发现我的那些直播视频。”

即使她关注了不少大V吃播推广博主，也没有发现他发的视频。

看来，他要改变战术了。

第二章

你的头号黑粉已上线

01

宋亦然并不常发微博，也不太喜欢刷微博，平时只会在有直播的时候发个预告或者贴个链接，比如现在。

——[然然胃口小] 邀请您进入直播间，点击链接可直接进入斗猫 2333 号房间。

宋亦然一边翻转着烤盘上的五花肉，一边跟唐青枝说话。

今天周六，是唐青枝的生日。

唐青枝也开了直播，随口在跟粉丝聊天，礼物收到手软：“谢

谢 [一允是大帅比] 的十艘游艇，破费啦，感谢喜欢……”

宋亦然扭头看向自己的弹幕，跟小粉丝插科打诨。

终于，在看到宋亦然不知道第几次把烤熟的肉夹起来塞进嘴里时，江迟忍不住了。

[游客 123：别吃了，你撑不撑？]

[游客 123：你已经连续吃了三盘肉了，休息一下吧。]

[游客 123：吃东西就别说话了，看你吃东西我好难受啊。]

[游客 123：你能不能好好对待食物？]

江迟肆无忌惮地行使着斗猫超级会员的权利，彩色弹幕飘荡在屏幕上，让人想忽视也难。

宋亦然愣了一下：“这位‘游客’，你这样很影响我吃东西的体验。”

到底是谁影响谁啊？

江迟盯着自己面前半天没有动的牛排，扶了扶额。

他看着宋亦然吃东西，一点食欲也没有。

真想飞到她身边去把她的嘴缝起来啊，让她不能再吃也不能再说了。

反倒是他对面坐着的江璟，双眼盯着手机屏幕，手里动作十分干脆利落。

江璟手起刀落，盘子里的东西就被消灭完了。

同样是看直播，而且还是看同一个人的直播，差距也太大了！

算了，看在江璟的面子上，他就忍一忍吧。

江迟刚要动刀子，宋亦然在直播里又弄出了幺蛾子。

“光吃东西有点没意思，咱们来玩个小游戏怎么样？”

[游客 123：求你了，别搞事。]

[游客 123：好好吃东西吧，真的，我不要求你吃饭不说话了。]

[游客 123：你这个人真的很有问题，吃饭的基本素养呢？]

宋亦然有点莫名其妙：“这怎么还开始人身攻击了呢？这位叫 [游客 123] 的，你是来故意找碴的吧？”

她直播两年，还是头一次见到这样的人。

这人其实是个比较理智的黑粉吧？虽然没有骂她，但是说的话也很让人不舒服啊。

[游客 123：我只是看不惯你这么吃东西。]

“哦，”宋亦然冷漠脸，“房管，踢一下人。”

爱看不看。

于是，江迟就被踢出了直播间。

耳机里没了声音，江迟沉默了一下，一边告诉自己是“为了弟弟”，一边重新进入直播间。

真的不是他自愿的！

为了江璟，他就算被踢，也值得！

——欢迎用户 [游客 123] 进入直播间。

[游客 123：每个人都有评论的权利，你就算踢我，我也要说。]

[游客 123：食物都是有感情的，请你认真对它！]

宋亦然："房管。"

系统提示：

——你已被踢出直播间。

[游客 123 这个 ID，怎么有点熟悉？]

[就是最近火起来的那个男吃播啊！]

[对！ 居然攻击然然，脱粉了！]

[说起来，这个男吃播还挺帅的。]

[这人人品有问题，然然别往心里去。]

"我没往心里去，"宋亦然笑着又吃了块肉，"嘴长在他身上，他要说我也拦不住。"

唐青枝这边的粉丝都在发弹幕替宋亦然向唐青枝告状，说宋亦然被同行纠缠，她稍微偏偏头，取下耳机，问："你被同行攻击了？"

宋亦然也是刚刚才从粉丝口中知道 [游客 123] 是个主播，于是点点头："差不多吧，已经让苏澄把人踢出去了。"

苏澄是斗猫直播的总房管，管理的都是斗猫旗下名气很大的主播，办事效率一流。

"你等等，这个 ID 我也有点眼熟。"唐青枝跟宋亦然不一样，她是个网瘾少女，手机上什么软件都有，天天关注热搜榜，很快她就找到了这个名字起得十分随意的微博账号。

她把手机递过去，让宋亦然看得清楚一点："就他，居然敢针对你，我非要看看他能播出朵什么花来。"

然而一秒钟后，唐青枝又忍不住出声，语气里带着浓浓的不确定："这人到底是粉还是黑啊？他的关注列表里居然只有你一个人哎？"

宋亦然："……"

所以这人的斗猫超级会员，真的是为她开的？

几分钟后，唐青枝突然面色沉重地转向她："我看了他几个视频，发现了一件恐怖的事。"

作为宋亦然的室友兼死党，宋亦然的直播她有空就会看，当然知道宋亦然每天都吃了什么。可是这个人，不知道是不是有意的，每次直播都定在宋亦然直播当天的晚上七点。而且他做的东西里，绝对会有宋亦然吃的其中一种，并且会反复强调这个东西的吃法。

如果这都不算黑粉的话……那怎样才算啊？

宋亦然也翻了翻他的微博，惊讶地发现，这个人居然就是那天在超市里遇到的那个人?

不就是吃个饭吗,哪有那么多讲究?

什么不看手机不说话,心无旁骛地对待食物,食物是他老婆?想起自己那支出师未捷身先死的charm定制口红,宋亦然顿时炸了!

再翻到评论区,已经有不少粉丝发现了他在视频里说的话是在暗讽宋亦然,纷纷抱着键盘去给她讨公道了,很好,很懂事。

唐青枝也撸起袖子:“你等着,我唐某人替你徒手撕了这个小贱人!”

宋亦然:“他是男的。”

“那就是大猪蹄子!”

02

粉丝大战一炮打响。

周三的时候,宋亦然按照惯例开直播。

她保持着微笑,心里却在不停咒骂。

“关于某知名吃播播主倡导粉丝不要学我的视频,我已经看了,只能说我跟他天生八字不合,以后直播间的小可爱看到他记得绕道而行,免得被误伤。”

态度一表明,宋亦然发现弹幕暴涨,不少江迟的粉丝赶来撕X,跟她的粉丝骂成一片,根本看不清谁是谁。

连续几天，斗猫 2333 直播间的热度一度冲到了热度榜首。

江迟现在已经养成了每天围观宋亦然微博的习惯，一点进微博，无数条 @ 消息差点卡爆了他的手机。

他微博私信和评论里的留言全都是来替宋亦然要说法的，一些人还算理智，保持着应有的风度来询问两人是否有过节；一些人则是直接开骂。

江迟气得扔了手机："这都什么人啊？"

他长这么大，一直都是别人崇拜的对象，还是第一次被人骂。

宋亦然这个女人简直是无药可救，错了还十分理直气壮，偏偏江璟就只受她影响，真是让人头疼。

冷静了一会儿，他又拍拍胸脯，安慰自己：这件事发生后，宋亦然就一定会关注他，甚至暗戳戳地看他视频，到时候再纠正她对食物的态度，不就简单了吗？

算了，只要她改正，只要江璟好起来，被骂也无所谓，反正这都是虚的。

这么想着，江迟长舒了一口气。

他拿着手机走到一楼餐厅，下意识往江璟的方向看了一眼……

江迟：……

他逛软件市场做什么！！！

江迟维持着表面的高冷："你在干什么？"

江璟指尖滞了一下，微微抬了抬头，一双眼睛没什么波动地看着他：“下载微博。”

完了完了完了，要掉马甲了。江迟满脑子都是这个念头，于是第一次拿出了十二分的认真和严肃道：“别下了，微博上太乱了，很多东西都会影响到你。”

江璟迟疑了一下，他想去看看那个 [游客 123] 的微博到底有什么。

见他有所松动，江迟默默地松了口气，看了眼腕表：“再不吃饭，你要迟到了。”

江璟也看了眼时间，低低地“嗯”了一声，放下了手机。

江迟如释重负，从厨房里拿了个精致的小盒子出来，放在桌上：“昨天给你烤了一些点心，你带去学校，饿的时候记得吃。”

江璟默默拿起了筷子“嗯”了一声。

江迟离开餐厅，十分冷静地问道：“李姨，阿璟什么时候开始用筷子的？”

李阿姨盯着不远处的少年，刀叉随意地被他放在了一侧：“啊……这我也没有注意……”

江迟的心脏，痛。

当晚，江迟直播完毕后，将视频剪辑好，直接 @ 了宋亦然的微博。

既然已经当不成游客了，那就和她正面干，非要把她吃饭的习惯改过来不可！

——@然然胃口小，牛腩的一种吃法，红酒炖牛腩。

——吃饭不要分心去说话，当然对食物的感悟除外。

对此，宋亦然的回复是：去你大爷。

吃饭不说话那还有什么气氛？

搞不懂这种精致男人的讲究。

宋亦然把他的视频看完后，嘴角狠狠抽了一下。尤其是他吃饭的时候安静地使用着刀叉，真的很装 × 啊！

明明是个中国人，天天都在吃西餐？

算了，谁让人家讲究呢。

就在这时，她的手机响起了微信消息提示音。

苏澄：采访一下，有一个头号黑粉的感觉怎么样？

然然胃口小：不是那种恶心人的黑粉，我还能接受。

苏澄：嘿嘿，实不相瞒，我有个危险的想法……

然然胃口小：什么？

苏澄：等我确定了再告诉你。

然然胃口小：……

对方快速匿了，不理她了。

然然胃口小：你是不是觉得撩完就跑很刺激？

然然胃口小：你真的会失去我的。

然然胃口小：呵呵。

03

两天后的周五，宋亦然明白了苏澄的那个危险想法是什么了。

此时她正在一家装潢十分精致并且充满了浪漫气息的餐厅内，等服务员将她点的东西送上来。

这是一家主题餐厅，主营冰激凌和甜品，平时就有不少少女和情侣光顾，生意还算火爆。

她开播不到十分钟，连甜品都没上齐，江迟就已经披着 [游客 123] 的马甲赶来留名了。

宋亦然面对着一桌子漂亮的甜品，露出一个笑："麻烦房管踢一下这位'游客'，谢谢。"

她刚说完，苏澄就已经把人踢了出去。

没一会儿，这个熟悉的 ID 再一次进入视线。

[游客 123：这么多甜点，腻不腻？]

[游客 123：冰激凌吃多了对身体不好，所以别吃了。]

[游客 123：你的胃受得了吗？]

[游客 123：停下吧，住口！ 住口！]

[游客 123：算了，你非要吃的话，别吃得这么快，你这简直是在浪费食物。]

想象着外表精美、饱含西点师用心的蛋糕在宋亦然嘴里停留不到两秒就进了肚子里被消化，江迟就觉得一阵难受。

他最懂一位美食制作者制作路上的艰辛，因此对宋亦然这样甚至不用心品一品食物的人，十分看不过眼。

宋亦然已经快速地吃完了一个脑花蛋糕，她盯着五彩的弹幕，沉思了一会儿，平和道："这位'游客'，既然咱们互相看不顺眼，你就放过我，我也放过你，你走你的独木桥，我坐我的私人飞机，咱们互不干扰怎么样？"

[游客123]：不行，除非你改掉你的不良习惯。

开玩笑，她以为他想看吗？

要不是为了江璟，这种吃播他根本不会点。

最近江璟已经明显被她同化了，再这么下去，他真怕江璟会拿筷子去吃牛排。

"哦，那没得商量了。"宋亦然一边咬着吸管去喝彩色冰激凌覆盖下的奶昔，一边熟练地喊，"房管，踢人。"

然而这一次，屏幕上的彩色弹幕仍然在飞舞。

"房管？房管？掉线了？"

她喊了几次，苏澄也没理她。

于是江迟的弹幕越刷越猖狂。

"江少。"

"江少？"

座位上的一群人惊恐地盯着从进会议室开始到现在一直没有

抬过头的男人，看他手指不断地在手机屏幕上飞舞着，开始窃窃私语。

江迟终于回过神，抬起头：“你接着说。”

坐在江迟旁边的男人又开口道：“Markgot 已经到了一季度一次的推广时间，今年我们打算请微博上的一些网络红人来帮忙做活动，您认为如何？”

江迟一只耳朵里还塞着耳机，女人清亮的嗓音在说“失恋的人就应该吃甜的”，他摸了摸下巴，沉下心问：“你想怎么做？”

秦风沉吟了一会儿：“Markgot 并不是只面向高端消费者群体，但是一直以来到 Markgot 吃饭的人大都非富即贵，这造成了消费者的误解，认为我们的餐厅消费很高，一些人望而却步，这就让我们失去了不少客源。我建议今年的活动定在 5.20 和 5.21 这两天，同时请美食博主帮忙推广，把我们餐厅推向所有消费者。”

江迟来了点兴趣：“你打算请谁？”

秦风已经拿出手机点开了斗猫软件：“宋亦然。她是现今最火的一个吃播，微博粉丝快 600 万了，而且都是活跃粉。”

江迟：“……”

不行，绝对不行！

“我们餐厅的员工都看过她直播，她影响力很大。不过最近也不知道怎么了，她好像被黑子盯上了，你看，就是他，每次都会去蹲点。”

秦风指着飘浮在屏幕上的一条弹幕：

[游客 123：如果食物也会哭泣，那它们现在一定泡在泪水里。]

江迟："……"

他们可能还不知道，这个黑子，就是他们的顶头上司。

江迟轻飘飘的视线从在座的每个人脸上扫过，语气危险："你们很闲吗？"

一群人都是问号脸，不明白江迟为什么突然问这个。

"既然闲得都能去看直播，那这段时间就全体加班吧。"

"……"

江黑子操起手机，觉得自己必须要发泄一下心中的怒火。

[游客 123：请你立即长胖！]

对一个女孩子来说，这算是一个很恶毒的诅咒了。

宋亦然下播后，才发现苏澄半个小时前给她发了微信消息。

苏澄：以后这个[游客 123]就不要踢了，你难道没发现有他在，你直播间的热度一直排在榜首吗？

然然胃口小：所以呢？

苏澄：我觉得你们可以商业合作一下？（坏笑）

然然胃口小：我觉得你脑子进水了，你让我跟一个黑子炒 CP？

苏澄：你见过关注列表里只关注你一个人的黑子，还是个主播黑子？我查过他的号了，除了你，他没进过其他人的直播间，超级会员都是为你开的。

然然胃口小：那也不行！

苏澄：为什么？

然然胃口小：因为我不是超级会员，所以我们不合适！

苏澄：……

就在宋亦然发愁怎么才能让苏澄打消这个想法时，江迟这边也同样面临一个极其尴尬的问题。

就在刚才，用户 [江璟] 直接给他的斗猫账号 [游客 123] 转了 10000 块钱。

同时，他还附赠了一句话：拿了钱，离开宋亦然的直播间。

不知怎的，江迟从中听出了一种“豪门阔太拿支票甩在勾引自己宝贝儿子的平凡女人脸上，并让她立刻滚”的感觉。

江迟这边显示“正在输入中”，他字还没打出来，江璟又劈头盖脸地甩过来 10000 块：够不够？

看这架势，他要是说不同意，江璟是不是会一直给他转钱？

虽然他家钱是很多，但也不是这么挥霍的吧？

江迟心很累，但他是绝对不可能离开直播间的。

为了江璟的前途……

思来想去，江迟决定，不理江璟。

04

华灯初上，暮色低垂。

宋亦然摸进家门，转过身，就看到沙发上顶着黑面膜正幽幽看着她的唐青枝。

她呼吸一滞，慢半拍地拍了拍胸脯："你吓死我。"

唐青枝揭掉面膜，手法熟练地按摩面部："怎么回来这么晚？"

说到这个，她就生出一种无力感："别提了，苏澄说我最近粉丝涨得很厉害，要我稳固一下粉丝团体，没事就在微博上搞搞活动。我在外面逛了一下午，也没找到适合做活动的东西。"

唐青枝转身打算去洗脸："你不是吃播博主吗？送吃的啊。"

宋亦然也跟着走到浴室，捧着脸把妆卸了，抱怨道："说得简单，最近天气这么热，吃的都容易变质长毛，我还怕送出去会被举报呢。"

之前不就有个美食博主送吃的，然后被举报没有生产资质吗？

这届观众的癖好虽然看不透，但要求还是挺严格的。

唐青枝用看智障的眼神看着她："你是不是傻，谁让你送熟食了？"

宋亦然一愣，脑子终于转了个弯，她露出一抹笑，拍拍唐青枝的肩膀："小伙子，好样的！"

洗完澡，宋亦然捶了捶酸胀的小腿，喟叹一声躺倒在床上。她摸出手机，翻了翻江迟的微博，果然发现最新的一条，是他做甜点和冰激凌的视频。

——@然然胃口小，冰激凌和甜点不宜多吃，对身体不好。

——还是老问题，对食物态度不端正，希望改正。

宋亦然在心里一阵哀号，这绝对是她见过的最能装 B 的人。

粉丝的那股骂劲儿已经快要过去了，评论区比几天前稍微好看了一点。

有些粉丝已经认清了一点，这个 [游客 123] 虽然看起来像个黑粉，但是他又确实没有做过什么过火的举动，甚至斗猫和微博账号从注册到现在，关注列表里都只有宋亦然一个人。

所以现在评论区里的粉丝大多是在问：你们之间到底有什么恩怨，才会这么执着地互怼？

讲真，宋亦然作为当事人，自己都不知道跟江迟什么时候有过恩怨。

如果真要说有恩怨的话，那就是之前那支口红了。不过，她就是借他车窗补个妆，没有犯法吧？再说了，明明是她损失比较大。

这个周五，宋亦然在某家店内吃战斧牛排。

不出意外，[游客 123] 又来给她找不愉快了。

[游客 123：战斧牛排这么贵，你连吃法都不会？]

[游客 123：真的浪费了这么好的食材了。]

[游客 123：你别光吃，你洒点柠檬盐搭配，求你了！]

“这位黑子，请按下你手机上的‘退出’键，谢谢合作。”打完这几个字，宋亦然气闷地把手机往桌上一扔。

要不是当着万千观众的面，她就喷回去了。

现在直播界什么话都不能乱说，观众都是上帝，万一被人揪住把柄，又要说她玻璃心、没素质，她没什么背景，出点岔子就难以在直播界混了。

于是，她告诉自己：忍一时，风平浪静；退一步，海阔天空。

[游客 123：我是在教你吃饭。]

呵呵呵，都吃了二十几年了，还用得着他教？

“直播间的各位，看好了，现在盘子里的不是牛排，是这位黑子的肉体，而我……”

宋亦然微笑地举起刀叉，一刀一刀地切着牛排。

[肉体？吃个饭怎么这么色情呢？]

[天啊，我也想当这位黑子，被然然吃掉！]

[然然吃我吃我！]

屏幕这边的江迟：“……”

事情好像往一个奇怪的方向发展了。

宋亦然没忘记今天要做的事情，吃完后熟练地做着收尾工作：“今天我们玩点不一样的。微博评论 + 关注，抽一个小伙伴送十块战斧牛排。结果明天由微博抽奖平台公布，顺通快递到你家。”

一瞬间，弹幕刷得像十级台风。

当晚，这条送福利的微博评论数超过了一万。

宋亦然在这一万多条的评论里，精准无比地找到了大V号的江迟。

他的评论很快被人顶到了热评第一：真是明智的决定，粉丝一定比你会吃。

宋亦然不服气了，开始跟他互相伤害：呵呵，我吃的不是饭，是一种氛围，懂不懂？

游客123V：吃饭应该保持安静，每一口食物都应该在口中被咀嚼三十次，而不是像你一样，只嚼三次！

然然胃口小V：三十次？肉都烂成渣了，我可没有吃肉渣的习惯。

游客123V：我来给你科普一下——食物咀嚼得越细，越能减轻胃肠负担，能让唾液与食物充分混合，从而加速食物的消化，对食物中的营养物质的吸收也会明显地提高。咀嚼能促进唾液分泌，唾液不仅具有湿润、消化食物的作用，而且还能增强食欲、中和胃酸。所以，你吃饭的方法能不能改改？别带坏了你五百多万粉丝！

宋亦然眼睛都快喷火了，谁要听你科普啊？手指如飞打字飞快。

然然胃口小V：呵呵，你行你上啊。

游客123V：……

江迟看着这条简洁的回复，深入思考了一下。

他错了，不应该认为自己发直播就能影响到她的。

就在他们不欢而散的几秒钟后，他们互怼的这一楼里，突然多了不少奇怪的评论。

——为什么我突然觉得这俩主播有点萌？

——楼上你不是一个人。

——其实从 [游客 123] 开号只关注了然然一个人开始，我就觉得事情并不简单了。

——同样是九年义务教育，为何偏偏楼上你如此优秀？

——再这样下去，我要站这对 CP 了啊。

宋亦然惊呆了！

这些人难道没看见她是在徒手撕黑子吗？

这么严肃的事情，他们居然组起了 CP ？

是要把她气死，然后好继承她的蚂蚁花呗？

05

为了保持微博抽奖活动的公平公正，都是系统在操作，系统会在规定的时间点自动发布中奖人，并且直接将消息同步到发起人的微博首页。

所以当宋亦然一觉醒来，迷迷糊糊摸出手机看到最新消息时，她最后一点瞌睡都给吓醒了！

为什么中奖的是他啊？

微博抽奖平台V：恭喜@游客123获得【战斧牛排 ×10】。本次抽奖由微博官方抽奖平台进行监督和公布，结果公正有效。

这条微博抽奖平台自动发布的微博底下，粉丝也都被吓到了。

——这……这么巧的吗？

——微博这波真是天秀操作。

——谁都别拦我，送客CP我站定了！

——这也太有缘了吧？连抽奖平台都看不下去想撮合他们了啊！

——今天我就把话撂这儿了，送客CP不可逆不可拆，不服来战！

——送客CP的，加我一个。

同样得知了这件事的唐青枝抛弃了她最钟爱的床，从房间一路小跑了出来。

宋亦然这个时候刚洗完脸，她扭过头，就看到面色复杂的、眼眶外还粘着眼屎的某知名娱乐女主播："……"

唐青枝看着她，目光里带着同情："孽缘，真是孽缘。"

宋亦然摆摆手："不用说了，我理解你的心情。"

毕竟她也是感觉——有什么比抽奖抽到黑粉还要悲惨的事呢？

然而抽奖的结果都已经出来了，她不能因为对方是个黑子就不送东西了。所以这天上午，宋亦然心情极其复杂地点开了江黑子的微博对话框。

然然胃口小V：虽然很不情愿，但还是给我你的电话地址吧。

江迟同样很无语，几万分之一的概率居然就这么被他撞到了？这运气让他有点害怕啊，他怕出门会踩到狗屎！

而且，他会缺那十块战斧牛排？开玩笑。

游客123V：不用了，我们还没有熟悉到这个程度。

然然胃口小V：呵呵呵，别矜持了，你平时怼我不是挺带劲的吗？

游客123V：我没有怼你，我是在很认真地要求你正视你吃饭时候出现的那些问题。

然然胃口小V：打住！我今天没有直播，你就别说这些了。地址电话给我，免得黑子们用24k钛合金眼发现我没有兑奖。

江迟想了想，也是。要是被人知道她没有寄礼物，不知道直播间的弹幕又要掀起多大的风暴。上回江璟看到弹幕都忍不住想要下载微博了，他还是低调一点吧。

把信息发过去后，宋亦然回复得很快。

然然胃口小V：江迟？你名字？真名？

游客123V：是。

然然胃口小V：啧，你的名字跟你这副丑恶的嘴脸一点都不符合。

游客123V：……

晚上七点，门铃被人摁响。

江迟埋头在厨房准备晚餐，今天是周六，李姨不在江家。

管家正准备去开门，门就被人从外打开，江璟面无表情地抱着一个箱子走进来。因为箱子重，他黑色短袖下的手臂上有青筋微微凸起。

江璟把箱子放在一边，淡声道："哥，你的快递。"

江迟手下动作没停，小心地往烤制好的牛肉上淋上班尼斯汁："我没买……"

等等——

江迟丢下手头的工作，冷静地走出厨房，在江璟的注视下，又慢慢地抱起那个巨大的纸箱，边往厨房走边解释："我想起来了，昨天买了点食材。"

等避开了江璟，江迟才松了口气，打开纸箱，把里面的战斧牛排取了出来。

足数足量的战斧牛排，很新鲜，肥瘦相间，颜色很漂亮，旁边还安静地躺着四五个大冰袋。

他差点忘了，他跟宋亦然同城，再加上顺通快递又号称上午送下午达，还好江璟没有看寄件人信息，不然就露馅了。

多亏他机智。

饭桌上安静无声，江璟拿着刀叉低头切着牛肉。他张了张嘴想说话，但是看到江迟认真吃着盘子里的食物的样子，又把到嘴边的话咽了回去。没一会儿，他拿出手机，打开了宋亦然的直播回放。

好不容易吃完东西，江璟起身准备上楼。

江迟整理好手边餐具，叫了声："阿璟。"

江璟顿住脚步，回过头。

江迟擦嘴起身："零花钱用完了吧？我给你卡上转了 20000 块。"

江璟低低"嗯"了一声。

06

江迟洗完澡出来，从换下的衬衣口袋里摸出一张快递单。

单子是手写的，黑色的水性笔字迹狂放而潦草。

他闭了闭眼，想起上回在超市见到的宋亦然……

嗯，这字迹确实跟她人一样。

他摸出手机，随手把宋亦然的号码存了进去。

对待宋亦然这样不按常理出牌的人，他不能只靠直播和视频说服她。

微信上跳出新联系人的消息，江迟点了添加，他的微信名称就是他的名字，结果下一秒就被对方无情地拒绝了。

他摸了摸下巴，再次申请添加，顺便在备注里写了一句：牛排是坏的。

他觉得自己也挺无耻的。

对方果然同意了。

然然胃口小：牛排坏了？

江迟：没有，我不这么说，你不会加我。

然然胃口小：……

秉着深入敌情的想法，江迟点开宋亦然的朋友圈，然后，沉默了。

——5月3号，天气晴，正在批改班上学生们的作业，孩子们都棒棒哒！

——劳动节放假了，去健身房锻炼锻炼吗？[斜眼笑.JPG]

——这个月孩子们的月考成绩出来了，都值得表扬！[图片][图片]

——收到了班上小朋友送的大红花，美滋滋，宋老师也喜欢你们呀！

——做了几个青团，清明节约上老师们一起去踏青。

最近的一条，是昨天中午发的。

——今天也是吃得饱饱的一天。

配图是一碗米饭、两道小菜和一碗雪梨蛤蜊汤。

看起来倒是没什么问题也很赏心悦目，但问题是，昨天中午她不是在直播吃牛排吗！

这个骗子！

与此同时，宋亦然同样秉承着深入敌情的想法，在察看江迟的朋友圈。

江迟发朋友圈的频率不高，为数不多的几条全是摆盘漂亮得不像话的西式餐点。

一拉到底，宋亦然还是只想说两个字：装酷。

她刚从江迟朋友圈退出来，发现自己朋友圈有条提示，于是点了进去。

是江迟评论了她昨天发的那条朋友圈：人设包装得不错。

她居然忘了屏蔽江迟这个大猪蹄子！

宋亦然刚想回复他，又觉得在评论区说话不太方便，让她伸展不开手脚，于是干脆利落地私戳他。

然然胃口小：你，滚出我的朋友圈！

江迟：专门发给家人看的？宋老师？

然然胃口小：关你屁事！宋老师吃你家大米了？

江迟：你是一个女生、一个网红，跟人说话时能不能注意点影响？

然然胃口小：呵，前提对方得是人。

江迟：……

跟宋亦然比嘴炮，真不是个明智的决定。

江迟权衡利弊之后，决定直接切入正题。

江迟：我们商量商量，你以后吃饭的时候，能不能专注认真一点？放下手机，把吃饭当作一项庄严的仪式，每一口食物都细嚼慢咽，感受它带给人的震撼，尊重它也是尊重自己。

然然胃口小：不能。

江迟开始晓之以理，动之以情。

江迟：这样吃饭对身体好。你也别吃太多了，肠胃负荷重，身体是革命的本钱，健康最重要。

然然胃口小：不能。

江迟：……

算了，这人根本说不通！

07

叮咚——

清脆的门铃声震醒了尚在熟睡中的两个女人。

唐青枝先一步起床，顶着一头乱糟糟的头发，打开门。

她看了眼手里薄薄的快递袋，打了个哈欠，把东西丢给了同样迷糊不清还扒着自己房间门框的宋亦然："然然，你的快递。"

宋亦然大脑当机了一下，伸手接过，直接用手撕了包装："这么薄，是什么？"

等里面的东西露了出来，她才稍微清醒了一点，是一张邀请函："哦，过两天又到了莱城一年一度的啤酒节，昨天主办方的工作人员找过我，邀请我参加。"

每年莱城的啤酒节都会邀请微博上一些有名的美食博主，这些人自带粉丝，会让整个会场热闹很多。

唐青枝搓了搓脸："等等，这个活动，微博上那个大猪蹄子应该也会受到邀请吧？”

通常这个大猪蹄子在她们口中出现，只指代一个人：江迟。

江迟是今年美食界的新秀，又长得好……

这么一想，唐青枝顿时有了点想法：“这大猪蹄子不是喜欢怼你不好好对待食物吗？”

宋亦然立即道：“是啊。”

唐青枝勾起嘴角，冷淡一笑：“那到时候你就放开吃、使劲吃、玩命吃，当着他的面吃、开着直播吃，吃到他怀疑人生，吃到他面目扭曲，再鄙视他一番，最后华丽地转身离开。”

想起江迟把食物当另一半对待的态度，宋亦然忍不住为她鼓掌：“虽然这方法很恶毒，但是我觉得可以。”

昨晚她伪装的老师身份被江迟一针见血地戳穿，她心底一直压着一股担忧。还好江迟的评论郭女士看不到，否则自己一万张嘴也说不清了。

唐青枝的提议得到了积极响应，宋亦然在两天后穿着小礼服、踩着细高跟、开着战车，直奔会场。

她把车停好，从包里摸出小镜子，仔细地端详了一下自己的妆容，然后开门、下车、关门，动作行云流水、一气呵成。

最近天气实在太热，宋亦然刚离开冷气十足的车内，就感觉自己一脚跨进了蒸笼。

走了没几步，宋亦然注意到停在她身边的一辆黑色轿车，车型很漂亮，看起来还有点眼熟。

她正准备靠近看一下这辆车的牌子，车门猝然被车里的人打开，宋亦然被车门狠狠一撞，退了好几步，疼得面目狰狞，她捂着肚子："谋杀啊？"

江迟也愣了一下，他刚将车停稳，没想到开门会撞到人。

他看了过去，刚好跟宋亦然投过来的视线对上。

停车场里，一时间空气凝结成冰。

宋亦然看着这人，口中艰难地吐出两个字："我去。"

继上回口红事件，这是两人第二次碰面。

宋亦然嘴角抽动，每次遇见他准没好事。

江迟已经从车上走了下来，他皱了皱眉："女孩子不要总说脏话。"

宋亦然正准备耍一下嘴炮，毕竟做人不能怂，怂就输一半，结果她还没来得及开口，她的手机就开始不要命地振动起来。

她接起电话，压低声音跟江迟说："待会儿我再找你。"

江迟毫不畏惧。

电话里传来主办方工作人员十分雀跃的嗓音："宋小姐，我们活动安排了一个走红毯的环节，给您安排的搭档是江迟先生。这是前几天粉丝投票出来的结果，请问您有什么意见吗？"

像是怕她不认识江迟，主办方又解释道："就是微博名'游客123'的那位，这个人您应该比较熟悉。"

她直播间出了名的黑子，她能不熟悉吗？

对面的人已经手疾眼快地挂断了电话，不给她任何拒绝的机会。

不是问她有什么意见吗？她意见很大啊！

与此同时，江迟的手机也响了。

电话挂断后，两人对视了一眼，相顾无言。

江迟率先打破沉默：“走吧。”

谁要跟你走……虽然心里这么想着，宋亦然却不由自主地迈开了步子。

到达会场时，这一片地方早就围满了粉丝，架势和明星出行也差不了多少了，当然如果身边能换个人的话就更好了，宋亦然冷漠地想。

“啊啊啊！送客 CP 同框了！我要被苏死了！”有个粉丝十分激动地喊。

江迟眼睑微垂，屈起了手肘。

宋亦然无奈地挽上江迟的手臂，望了望天：“送客 CP 是什么鬼啊？”

谁起的这么土的名字？

像是知道已经不可能纠正粉丝对两人的称呼，宋亦然抓了抓手下坚实的臂膀：“喂，别装高冷了，你几斤几两我的粉丝可都清清楚楚的。我们商量一下，你把网名改成你的本名？”

江迟的“包袱”可比她重多了，在这种场合一定要十分人模人样。一身挺括西装，长腿交叠缓步往前，身形挺拔，完全不像之前抱着手机求她别吃了的样子。

闻言，他睨了宋亦然一眼。女人踩着高跟鞋也只到他的肩膀，莫名显得有些娇小，一点也没有屏幕里指点江山的样子，他说："然后被网友叫宋江 CP？你问过梁山好汉们的意见了吗？"

宋亦然冷笑：呵呵。

08

白天慢慢过去，热浪消退了一点，啤酒节晚宴终于开始。

露天会场里闪耀着绚丽的灯光，夜空里有星光点点，耳边还有劲爆的音乐。

宋亦然跟江迟坐在一起，开始实行唐青枝的计划。

这种活动上的美食多得数不清，宋亦然在江迟炯炯目光的注视下，打开了直播。

江迟觉得自己有必要提醒一下她："今天是周四。"

宋亦然微微一笑："那又怎样？"

江迟突然觉得自己答应主办方来参加这个活动是个彻头彻尾的错误，一开始他只想来劝宋亦然回到正轨，结果现在才发现，整个会场，可能只有他自己一个人是在正轨。

身边的人都在大肆吃喝，酒肉交错，热闹非凡。

江迟面目变得扭曲，心底像是有什么东西在挠，抓心挠肝肺地难受。

为什么这些人吃东西，都这么随意？

相比之下，身边的宋亦然反而变得矜持了。

宋亦然举起刀叉，一边切了鹅肝往嘴里送，一边热情回应着弹幕，顺便还能观察江迟的脸色，真正做到了一心三用。

鹅肝的汤汁在口中炸开，席卷了整个味蕾。

宋亦然享受着美食，享受着黑子难受的神情，心里美滋滋。

[最近主播直播得好勤快啊。]

[听说送客同框了，好后悔没去莱城啊！]

[贴吧里有前线小伙伴拍的图片，送客真的好甜啊！]

[我做梦也没想到，然然居然真的跟游客 123 碰面了，而且还一起走红毯！]

[没准这两人本来就认识呢？特意炒作的，你们在这里自我兴奋什么？]

[宋亦然催吐了啊，贴吧里有扒，脑残粉还在这里叫嚣。]

弹幕刷得太快，宋亦然也没有留意喷子的话，依旧自顾自吃着东西。

桌子上的东西每隔半个小时就会换成新的，不吃多浪费。

她一边吃一边评价：“这个鹅肝很嫩，没有一点腥味，口感也很细腻，再配上 Sauternes 的甜酒，简直唇齿留香，回味无穷！”

江迟盯着她面前好几份不同做法的鹅肝，组织好语言：“鹅肝要配红酒和苹果，解腻。”

宋亦然安慰他："放心，我吃不腻。"

"……"

他真的心疼那些鹅肝。

过了一会儿，江迟不死心地继续说："晚上吃太多不容易消化，你直播时吃那么多，对身体很不好。"

对食物也很不好。

江迟苦口婆心道："吃东西要适量，过量就感受不到食物的最佳口感了。每份食物都是厨师研磨了很久才制作出来的，值得被食客尊重。"

宋亦然充耳不闻，指了指他身后："有人找你。"

江迟被几个美食博主团团围住，又是讨论 ×× 的西式做法怎么做才更入味，又是讨论吃饭的习惯云云，半个小时后他才得以脱身。

这时候宋亦然面前的食物已经换了一轮又一轮，工作人员刚给她端上了新鲜出炉的烤鸭。

江迟摇摇晃晃地回到她身边，指着她盘子里的东西，惊恐道："宋亦然，你……碗里的鸭子飞起来了！"

宋亦然：……

江迟面色酡红，神志不清，双手张开做了个"飞"的动作："它，要飞走了！"

宋亦然嘴角抽了抽，他这个样子，真的好像一个智障啊。

这时候会场的音乐刚好停了下来，江迟这两句话清晰地传入看直播的粉丝耳朵里。

[天哪，这是游客 123？]

[哈哈哈，世界上怎么会有这么可爱的人啊！]

[确定吗？游客 123 私底下这么蠢萌的吗？烤熟的鸭子飞起来了哈哈哈哈！]

[话说游客 123 到底叫什么啊？]

[今天听工作人员说好像叫什么迟……]

于是粉丝直接开始喊他迟迟。

[迟迟看我，妈妈爱你。]

[迟迟男神形象崩了。]

宋亦然根本顾不上看弹幕，因为音乐重新响了起来，会场又一次陷入躁动。

啤酒浴的活动开始了，说是啤酒浴，其实就是泼啤酒。

江迟晃悠悠的，差点被蜂拥的人群撞倒，还是宋亦然伸手拽了他一把，他才勉强站稳。

他坐了下来，一手撑着脑袋，脸颊酡红："宋亦然，我头晕。"

搞事情啊。

宋亦然捏了捏眉心，问道："你喝了多少？"

江迟举起三根手指。

宋亦然惊呆了："三瓶？啤酒？"

江迟眼底全是迷茫："他们灌我……"

宋亦然怒其不争："三瓶啤酒你就醉了？你平时说我的那股儿劲哪儿去了？"

江迟为自己辩解了一下："我平时都喝红酒，慢慢品尝……"

想了想江迟吃的都是西餐，估计没怎么喝过啤酒，她有点头大。

泼完啤酒今天的活动就差不多结束了，身边有个醉鬼，虽然两人有过节，但是真要把他撂下，宋亦然做不出来。

她可是人美心善的小仙女啊！

现在会场的人都疯了，她根本找不到工作人员去要醒酒汤。

想了想，宋亦然认命地抓住江迟手臂，拍他脸颊。

他的脸有点粗糙，但还挺软的。

"起来，走了。"

09

"你……到底吃什么长的啊？重成这样？"

宋亦然骂骂咧咧地拽着江迟走到停车场："你的车呢？"

没有回答，她偏了偏头，发现江迟早已经睡着了，安安分分地靠着她，安静的样子她还有点不习惯。

宋亦然找到自己的车，打开车门把人塞了进去，绕了个圈坐到驾驶位上，审视着副驾上的男人。

三瓶酒能让人醉成这副模样？

宋亦然是能喝三斤白酒的人，从来不知喝醉的滋味。她看了一会儿江迟，发现江迟突然眉头紧皱，心里有个不好的念头：“你该不是要吐吧？”

她话音刚落，江迟就干呕了一下。

宋亦然摸了瓶矿泉水出来，往他嘴边递：“你别吐我车上，喝点水压一压。”

江迟好不容易安静了，宋亦然也差点瘫了。

就在这时，宋亦然的手机响了。

青枝：什么时候回来？

然然胃口小：保守估计后半夜。

青枝：我读书少你别骗我，活动不是晚上九点就结束了吗？

然然胃口小：江迟被人灌醉了。

青枝：江迟是谁？

然然胃口小：大猪蹄子。

青枝：那关你什么事？

然然胃口小：我也不知道啊，看他孤家寡人太可怜就把他带回我车上了。

青枝：……

等到了后半夜，江迟终于悠悠转醒，他眼皮有点重，打量了一下四周，一下子清醒了。

宋亦然趴在方向盘上睡着了，眼睫毛一扫一扫的。

江迟揉了揉胀痛的太阳穴，他之前被几个人围着讨教做饭的方法，然后几人轮流要敬他酒。他一开始以为啤酒跟红酒差不太多，甚至还品了品，然后就喝多了……

“醒了？”宋亦然边揉着惺忪睡眼边抱怨，“江迟，我到底跟你有什么仇什么怨，你白天喷我就算了，晚上我还得当牛做马伺候你，这什么道理？”

她这句话非常有歧义，江迟眉头忍不住一跳：“你表达方式有点问题。”

宋亦然睡得浑身不舒坦，她活动了一下手臂，缓解了一下手臂的酸胀：“咱们商量一下，你以后别喷我了行吗？彩色弹幕看久了真的眼花。”

江迟按压着眉心，义正词严地拒绝：“除非你以后认真对待食物，并且注意你的吃法。”

“不是，我吃东西碍着你了？”宋亦然十分不理解。

江迟想了想江璟，认真道：“你会带偏其他人。”

宋亦然还想再说，手机铃声响了起来，她连来电显示也没看，直接接了起来。

电话里传来郭女士亲切的声音：“怎么这么晚了还接电话呢？”

完了，她妈妈查岗来了，还是突击查岗，更可怕的是她接了！

该怎么撒一个善意的谎，这是个问题。

宋亦然脑子转得飞快，几秒后……

“妈，你的电话我就算睡着了也得接啊。”

现在是晚上十二点，郭女士完全不信她这套说辞：“你在外面吧？”

知道瞒不过去，宋亦然老实道：“在呢。”

郭女士：“在哪儿？”

“网吧。”想了想，宋亦然连忙加了一句，“写论文呢，上次交的被教授打回来了，所以重新写，明天要交了。”

郭女士：“你家里没电脑？”

宋亦然十分机智道：“不是花钱买来的时间最珍贵吗？”

郭女士狐疑地问：“你真在网吧？没在外面跟人鬼混？我可跟你说，女孩子一定要保护自己，不能乱来的！”

“没有，真的在网吧里写论文。”宋亦然推了推江迟，递给他一个眼神。

亏得江迟居然看懂了，他皱了皱眉，突然愤怒道：“这群队友怎么这么菜？敌方都推倒水晶了，居然还在野区打野？输了活该！”

然后，江迟把矿泉水瓶摔在储物柜上，装作是在摔键盘。

宋亦然无声地看了他一眼，可以，奥斯卡级别的演技。

下一秒，郭女士的声音传过来：“然然啊，你大了，以后找男朋友可千万不能找这种大半夜还泡在网吧打游戏的。好了，妈不打扰你了，你一个人注意安全，有事情给我打电话。”

江迟："……"

宋亦然乖巧地应下："好嘞。"

她松了一口气，看了眼时间，快一点了："你怎么回去？"

江迟已经给家里的司机打了电话，他道："会有人来接。"

宋亦然看着他，凶神恶煞："那你还不下车？"

江迟："……"

这女人是魔鬼吧？刚才还软得像只兔子，说变脸就变脸。

10

宋亦然洗完澡，已经是深夜一点。

这个时间的莱城很安静，只有远处高架桥上传来的细微车流声，灯光闪烁着，像一条漂亮的彩色丝带。

手机振动。

江迟：到家了吗？

然然胃口小：关你屁事！

江迟：那就是到了，晚安。

宋亦然丢开手机，躺倒在床上。

累，身累心也累。

与此同时，刚打开斗猫软件的江迟心也很累。

宋亦然的直播回放里，完完整整地记录了她是怎样吃掉了一只烤羊腿、两份牛柳、三盘酥肉和一只烤鸭的全过程。

抛开前半段的西餐不说，她一个人吃了五个人的分量。真不会撑得难受吗？

江迟双眉紧蹙，维持着最后一丝冷静才忍住打电话给宋亦然喷她一脸的冲动。

然而看到最后，他沉默了。

“宋亦然，嗝……你……碗里的鸭子飞起来了，嗝！”

这不是他说的吧？

一定不是吧？

国内的啤酒竟然这么容易让人醉的吗？下次谁也别想劝他喝啤酒。

江迟冷静地关掉了手机，将被子一拉，关灯睡觉。

一夜无眠。

第二天江迟顶着两个黑眼圈下楼，在楼梯间遇到了一身校服的江璟。江璟脚步微顿，面色复杂地看了他一眼，然后迈开长腿去了餐厅。

江迟被这一眼看得莫名其妙。

江璟被司机送走后，李阿姨一边擦着手从厨房走了过来收拾餐桌，一边跟他说：“昨晚小少爷食欲好，晚餐特意让我做了羊肉呢，吃得很干净。”

江迟宛如被巨雷击中，在原地愣了好一会儿。

江璟最讨厌的就是羊肉，所以江家一般不会让羊肉上桌，江迟再联想到他刚才看自己的眼神……完了，这下彻底掉马甲了！

喝酒误事，喝酒真的误事！

裴一允盯着一个小时前就靠在沙发上一动不动的男人，有点头疼。

心理咨询室里平时人不多，裴一允给他开了一罐冰啤酒递过去。

江迟立即摆手拒绝："别！千万别给我喝啤酒！"

他现在跟啤酒势不两立，不共戴天。

裴一允随手把啤酒丢进垃圾桶，自己开了瓶凉茶，顺手又给他递过去一瓶，叹气道："我是让你盯着宋亦然的动向，然后按照她的食谱给小璟做饭，不是让你去喷她啊！"

江迟捏捏眉心："现在说这些还有什么用？"

他掉马甲了，就证明江璟知道他就是宋亦然直播间的黑子了，江璟会怎么看他？

裴一允安慰他："事情已经发生了，再愁也没用。小璟那么聪明，这件事你们俩心知肚明，他不会提起来让你尴尬的。"

江迟当然知道江璟不会提起，问题是他在江璟心中维持了这么多年的高冷形象啊，就这么破灭了！

好气啊。

裴一允看他仰躺在沙发上，像条咸鱼般的浑身散发着忧伤气息，不由得耸了耸肩，扭头戴上耳机继续看他的小枝枝直播。

江迟长长叹了口气，手机突然振了一下。

之前为了能第一时间看到宋亦然的动态，他把宋亦然设置成了特别关注，宋亦然微博动态更新后，他这边都会有提示。

不知道宋亦然又要作什么妖？

然然胃口小V：最近要忙着筹备淘宝店啦，直播推迟一周，记得想我哦！

第三章
黑到深处自然偏

01

莱城的5月天气十分炎热，太阳挂在头顶，照得所有荫翳无所遁形。

路面上的柏油散发出难闻的气味，宋亦然摸进家门，像个水鬼一样趴在洗手池边上。

唐青枝刚下播，看她这样，转身给她倒了杯水："都谈好了？"

宋亦然灌完水，喘匀了气："都差不多了，明天就可以开始上新了。"

唐青枝懒洋洋地舒展开身体，打了个哈欠："那就好，这一周你的粉丝都在问我你什么时候开播，你再不开播我怕他们扛刀过来。"

宋亦然差不多有一个星期没上过斗猫和微博了，这会儿点开微博，才发现她发布的那条推迟直播的微博下全是打滚卖萌求她快开播的粉丝。也有不少黑粉上蹿下跳，说她不直播肯定是因为身体出了问题。说得有理有据的，她竟无法反驳。

随手把淘宝店铺的链接贴到了两个平台作为置顶，她很快就收到不少回复。不过，她没心思管这些，现在最重要的是——补觉。

这几天忙着跟各个合作商打交道，东奔西跑的，导致她睡眠严重不足，这一觉就睡到了第二天中午。

宋亦然嘴里塞着牙刷，白色的牙膏沫在嘴边沾了一圈，她快速整理好自己，然后坐到了电脑屏幕前："Hello，好久不见！"

[啊——然然终于回来了！想你。]

宋亦然盯着弹幕笑着道："我也想你们。"

[没有然然的日子，饭也吃不香了！]

[迟家大军还有三秒到达战场。]

[坐等迟迟出现。]

[同等！]

宋亦然也觉得有点奇怪，平时她一开播江迟就会来喷她，这都十几分钟过去了，那个眼熟的 ID 始终没有出现。

等等——

宋亦然忍不住唾弃自己：你是受虐狂吗？

[然然跟迟迟吵架了？]

[最近迟迟没直播，微博也没更新，这样的发展让我有点慌了……]

宋亦然眼也不眨地瞅着弹幕。

她今天开播主要是为淘宝店打广告，吃的全是即将上新的小零食，于是一边吃一边澄清："我跟江迟本来就没什么关系啊。"

[呵，这恋爱的酸臭味，不用解释，我们都懂。]

[原来迟迟叫江迟啊……]

这都什么跟什么？宋亦然有点哭笑不得，她的解释太苍白，根本没人信。

与此同时，Markgot 会议室内。

江迟坐在首位，转着手里的钢笔，蹙眉沉思。

秦风把文件推过去："江少，这是当天的活动策划案，请您过目。"

江迟伸手刚打算翻开文件，放在手边的手机突然振动起来，嗡嗡个不停。

他看了眼来电显示，蹙得更紧了，连忙接起来："喂？"

电话那头传来一个女人的声音："请问是江迟先生吗？我是

江璟的班主任徐老师，江璟在课间活动的时候晕倒了，现在在中心医院……”

“什么？”江迟猛地起身，他的动作太突然，会议室里的其他人吓了一跳。

秦风跟着站起身：“江少？”

江迟已经挂了电话正打算走，急忙嘱咐了一句：“这几天餐厅的事情都交给你了，活动你看着办。”

上回他还持反对意见，怎么今天……

秦风愣愣地应了一声，等他回过神来时，江迟的身影已经消失了。

他摸出手机，编辑好邮件给宋亦然邮箱发过去。

02

这个时间段正好赶上午高峰，路上堵得不行。

江迟赶到医院时，江璟已经醒了，靠着枕头在看书，他右手上扎着针管，正在输液。

听到响动，江璟抬了抬眼：“哥。”

江迟松了口气，拉开他床边的座椅坐好：“没事了吧？还有没有哪里不舒服？”

江璟摇摇头。

江迟又问：“徐老师呢？”

江璟敛下眉睫："去买午饭了。"

江迟"嗯"了一声，开始给他削苹果。

江家产业又多又杂，父母很少在家，一年可能只回来一两次，他也从小在国外长大，近两年才回国，江璟几乎是管家带大的，从小就乖。每次和江璟通视频，江璟都不怎么说话，他这个做哥哥的，根本不了解江璟的想法。

这么想着，房门被敲响，一个女人拎着东西站在门口。

江迟把苹果递给江璟，起身走了出去。

门被合上，江迟问道："医生怎么说？"

徐老师安慰他："是低血糖，没什么大问题。医生说是因为他这段时间食欲不好，今天又赶上学校运动会，活动量太大才晕倒的。"

绕来绕去，结果还是因为没有好好吃饭。

输完液，江迟带着江璟开车回家。

江迟坐在驾驶位，握着方向盘："我已经让李姨回餐厅了，以后你的一日三餐都由我来负责。"

江璟张了张嘴，最终也只是"嗯"了一声。

把人带回家之后，江迟一头扎进了厨房。

厨房宽敞明亮，什么都有，他在里面研究了一个下午。等到了晚上，江璟走到餐厅，发现桌子上摆满了白色的小瓷碟，每个碟子里都有形状奇怪的食物，香气袭人。

江璟摸出手机，点开宋亦然的直播回放。把桌上的食物跟宋亦然上午吃的零食一对比，果然很相似。

肚子好像有点饿，他抿了抿唇，打算再看一遍直播回放。

这周三，宋亦然起了个大早。

她花了半个小时把自己收拾齐整，才开车去了 Markgot。

Markgot 餐厅开在市中心，上下三层，周围人流量很大，华美大气的招牌在阳光下闪闪发亮。

她刚停好车，一个男人就走了过来："宋小姐，我是秦风，这边请。"

宋亦然跟着秦风到了餐厅第三层，不少员工看到她都忍不住过来打个招呼。

更夸张的是，有个男生连纸笔都准备好了，眼巴巴地看着她求签名。

餐品很快就上齐了，一道道精致又漂亮，食物的香气钻进鼻腔，让人食指大动。

Markgot 西餐厅内有来自不同国家的厨师，她面前摆着的就是号称"西餐之母"的意大利菜。意大利美食如同它的文化一样典雅高贵且浓重朴实，注重食物本味，讲究原汁原味，所以大多采用煎、煮、蒸的方法来保持口感。

宋亦然鼻子嗅了嗅，立即胃口大开。她打开直播还没几秒，几十万粉丝蜂拥而至，弹幕像火箭一样刷得飞快。

[然然在哪里吃饭？装修好高大上。]

[冲着这食物的卖相也要去一次啊！]

[等等，只有我注意到了身后不小心入镜的服务员小哥哥吗？帅到炸裂！]

[万人血书求然然透露店名！]

“太客气了，不用血书的。”宋亦然笑得弯起了眼睛，“老粉都知道我吃完之后就会打广告，所以好好看着我吃完吧。哈哈哈，别太羡慕噢。”

她把作为头盘的沙拉吃完，拿着刀叉熟练地切好牛舌，再蘸上酱料往嘴里送，一口下肚，有种飘在云端上的感觉：“牛舌细嫩多汁，微微弹牙，有嚼劲，再配上新鲜的山葵酱，简直美滋滋。接下来是这个深海鳗鱼丸，一粒一粒圆润饱满，样子真的让我好心水……”

清亮的女声里有着掩不住的开心，像不断跳动的音符，江璟戴着耳机，突然就想吃东西了。

江迟震惊了，忍不住停下了做饭的手。

江迟从这个角度只能看到江璟握着手机的样子，他嘴角翘起了一点弧度，右手在屏幕上轻点。

当然这也很不容易了！

江迟摸出手机，斗猫上设置的自动提示提醒他宋亦然直播开始了，他点进去，刚好赶上江璟给宋亦然送礼物。

一架一架的飞机不间断地在屏幕上飞舞，金光闪闪的高价礼物晃瞎人眼。

不仅直播间的观众惊呆了，连宋亦然都惊呆了，一个丸子卡在喉咙里，上不去也下不来，鳗鱼的鲜香快速蔓延到了口腔各处。

宋亦然吞下丸子，诚恳道："土豪，做朋友吗？"

她话音刚落，屏幕上的飞机就中断了。

这就十分尴尬了。

宋亦然咳了一下，她表现得冷静："就让我们当作无事发生过。"

[江璟大老板原来是友军，意大利炮不用拿了。]

[66666]

[敢嫌弃我们然然，我反手就是……一颗小心心你要吗？]

江璟看着弹幕刷过，忍不住动了动手指。

忽然，头顶上一道影子笼罩下来，他抬了抬头，发现江迟就站在他身边。

江迟已经脱了厨师服，正居高临下地看着他。

他像是已经看穿了江璟的想法，问道："想吃意餐？"

江璟愣住，看着他。

江迟视线落在他手机里埋头吃东西的女人身上，又问："想见她吗？"

江璟去过 Markgot 餐厅，知道宋亦然现在就在那儿。

那双眼睛里第一次带了点渴求，他点了点头。

江迟拍拍他的肩，拿起桌上的车钥匙："等着。"

江迟取了车，摸出手机给宋亦然发微信，对方没有回复，应该是直播的时候没时间看。

他把手机丢到副座上，掉转车头。

03

宋亦然做完直播，又被摄影师摆弄着拍了好几张照片才被放行。

她边往停车场走，边刷微博。

Markgot 餐厅有自己的官博，微博上没多久就上传了她的照片以及明后天的表白节活动内容。

宋亦然混迹美食界有两年了，对 Markgot 餐厅也有耳闻，据说是一个从美国回来的、很年轻的男人创办的，还登上过北欧最佳餐厅榜，在好几个国家都有分店。听说这个创始人做菜也是一绝，一直被业界的人称作"厨房神话"。

啧，大佬的世界。

宋亦然收起手机，她握着方向盘，正打算退出车位，结果猝不及防地感觉车身一震，她整个人也跟着一震。静止了一瞬，她猛地停车，解开安全带："我的车！"

是谁？是哪个大傻子？

反光镜里映出车后面的一辆黑色轿车，宋亦然眉心一皱，觉得这辆车怎么有点眼熟。

她快步走到车尾，两车相撞处，对方的车一点事没有，依旧锃光瓦亮，而她的车尾已经瘪了一小块，虽然不大，但是很影响美观。

车身就是一辆车的脸，如今这张脸毁容了，宋亦然心疼得要死。

黑色轿车的车门被打开，从上面缓步下来一个男人。

宋亦然抬起头，皮笑肉不笑："说吧，怎么赔？"

男人很高，顺着他的黑色T恤往上，目光一路划过他的脖颈、下巴，等她终于看清来人那张熟悉的脸，面部表情瞬间就垮了。

冤家，真的是冤家。

丧，今天也很丧。

宋亦然面如死灰："江迟，怎么又是你啊？我这辈子跟你的车犯冲吧？"

想起前两次两人见面的场景，宋亦然心里浮起淡淡的忧伤。借他车窗补个口红，结果口红毁了；想看他车标，结果肚子撞了；这回倒个车，结果车撞了！

江迟抱歉道："这事赖我，我没看到你在倒车，修车钱我出，你跟我去个地方。"

这还差不多，宋亦然处理好自己的车后，上了江迟的车，忍不住问："去哪儿？"

江迟看了她一眼："我弟弟这一段时间食欲很不好，他很喜欢看你直播，所以想请你去我家帮他做个饭。"

宋亦然一听，立马打算开门下车，她满脸凶残："你让我给你当保姆？做梦！"

江迟拉住她的手臂："给你工资。"

宋亦然继续开门："我差这点钱？"

江迟拽着她："我弟弟叫江璟。"

宋亦然迟疑了一下，扭头看着他道："是我知道的那个江璟吗？"

江迟点头。

宋亦然又坐了回去，深呼吸整理下头发："你怎么不早说？"

江迟没说话，开始发动引擎。

宋亦然现在才发现这人的车还是辆低调奢华的保时捷，车内的座椅全都是真皮的，质感很好，连车里的脚垫都十分柔软舒适，像踩在了棉花上。更夸张的是，车内显示屏上显示的，居然都是外语，一排排一列列，她完全看不懂。

宋亦然叹为观止："江迟，你真是外国人？"

江迟原本盯着路面，闻言分心扫过来一眼："不是，我在美国长大。"

难怪每天吃西餐。

保时捷径直开进别墅后庭，最后平稳地停在一片草坪上。

宋亦然开门下车，就被一身西装还弯腰做了个“请”的动作的男人吓了一跳。

她仰头看了眼面前巨大的欧式白色建筑，再看看四周开满了花的庭院，面色十分复杂：“江迟，你该不会是这里某个管家的孩子吧？”

江迟听完她的猜测，一脸莫名其妙。

宋亦然开始脑补：因为管家的原因，从小跟雇主的孩子一起长大，很多东西都可以共用，比如那辆车，两人情深义重情同手足情比金坚……

如果是这样的话，那他装得很成功。

江迟已经从车上下来，把车钥匙丢给了旁边的司机，他道：“你在想些什么？”

宋亦然不敢置信：“你真是这里的主人？所以一个豪门阔少居然在暗地里干着黑子的勾当？”

江迟嘴角抽了一下：“你以为我愿意黑你？要不是因为阿璟，我才懒得管你。”

宋亦然不跟他计较，因为她走了没几步，发现院子里的葡萄架下坐了个身形有点单薄的少年，他穿了件白色T恤和一条休闲裤，拿着本习题册在看。

听到声音，少年掀了掀眼皮，从椅子上站起来。他身形高挑腿又长，几步就走了过来。

宋亦然在车上差不多了解了江璟的情况，他不爱说话，于是她斟酌了一下正准备开口，结果江璟先跟她打招呼了：“你好，我叫江璟。”

江迟：……

他是不是做梦还没醒？

刚才江璟说话了？

宋亦然看着眼前比她还高一点的少年，十分友善道：“我叫宋亦然，你可以叫我宋姐姐。”

江璟点点头，一时间不知道怎么办，于是看向江迟。

江迟呵呵笑了一下：“厨房在这边。”

宋亦然皮笑肉不笑：“你还真是一点都不客气。”

04

红烧鲫鱼、麻婆豆腐、番茄塌蛋、酸辣藕尖。

锅里的热油发出“吱吱”声响，菜刀在砧板上跳舞，藕尖被切成段准备下锅，就在宋亦然有种自己成为顶级大厨的感觉时，江迟说：“藕尖没有洗。”

宋亦然：“……我忘了。”

江迟：“……”

江迟开始怀疑自己把她带回来到底是对还是错了。

宋亦然当年做吃播时研究过一段时间的菜谱，平时和唐青枝一起吃饭时，下厨做的菜都很随意，像今天这样临时决定做什么菜，而且还是做给别人吃，也是第一次，难免有点紧张。一紧张，她就有点手忙脚乱。

油温过热了，藕尖刚洗完还沾着水，两者混合在一起，热油溅起三米高。

宋亦然拿着锅铲大叫："哇啊啊啊！救命！"

厨房第一次乱得不像样，调料洒得到处都是，食材随意摆放在台子上，没有一点秩序，江迟忍不住扶了扶额。

江璟就坐在客厅里埋头解题，笔尖在同一个地方停顿了十来分钟，一颗心全在闹腾的厨房里。

他好想去看看。

就在这时，江迟端着菜出来了。

他默默地把饭菜放好，然后面色复杂地看了江璟一眼。

江璟放下纸笔走过去，看到桌上毫无卖相的饭菜，也是一愣。

宋亦然抛下乱成一锅粥的厨房，兴奋地走过来："开饭了！"

三个人一齐坐下，宋亦然给两人递筷子，顺便解释道："别看它们长得丑，但是吃起来美味啊！"

江璟很久没有吃过这样的家常菜了，哥哥回国后每顿都是西餐，虽然很精致，可他不喜欢。胃里没有东西，他突然感觉很饿很想吃饭，他刚打算伸出筷子夹菜，手臂就被人抓住。

宋亦然按着他手臂，冲他神秘一笑，然后夹了一筷子藕尖放到江迟碗里，笑容十分和蔼，宛如老母亲一般地看着江迟："你很少吃家常菜吧？试试？"

江迟原本看到这个卖相就没有吃饭的欲望，再加上又不是他习惯的西餐，就更不想吃了。可是一转眼发现江璟正看着他，他忍不住吸了口气，夹起藕尖放进嘴里。

一下两下，他皱着的眉逐渐松开。

宋亦然松了口气，招呼道："看来没毒，来来来，阿璟，可以吃了！"

江迟："……"

一时间，饭桌上只剩下筷子触碰瓷碗的声音。

四周过分安静，宋亦然不太适应，有点坐立不安："那个……"

江璟看向她。

江迟瞥了她一眼，停下筷子："吃饭别说话。"

宋亦然撇撇嘴："那都是在外面要守的规矩，熟人吃饭就是要聊天才有意思啊，不然我们干吗坐在一起？分开各吃各的不就好了？"

江迟懒得理她，就她歪理一大堆。

宋亦然抽抽嘴角，去骚扰旁边的江璟："阿璟，你实话实说，你哥哥是不是喜欢瞎讲究？"

江迟于是盯向江璟。

江璟一直没反应，等江迟继续优雅地低头吃饭时，他小幅度地点头。

宋亦然乐了，十分赞同地道："我理解我理解，以后姐姐带你脱离苦海。”

江迟警告道：“宋亦然，你别带坏阿璟。”

宋亦然回视他：“狗子，你变了。”

江迟：“……”

他直觉宋亦然接下来也说不出什么好话。

宋亦然：“你以前不是这个样子的，你在我直播间里明明……”

江迟：“你闭嘴！”

虽然这都是不争的事实，但是他在江璟面前也是要顾及形象的好吗？

身为一个兄长、一个世界顶级品鉴师、一个 Markgot 餐厅创始人，再不济，他还是个有 200 万粉丝的主播，他他他……他还要脸不要了？

宋亦然懂，他这是要装酷。

晚上，宋亦然回到家，洗完澡出来后惯例查了一下自家淘宝店的销量，然后伸了个懒腰，丢开手机准备去睡觉。

今天东奔西走的累了一天，她按摩着小腿，忍不住喟叹一声。

最近家里少了个人，两室一厅的房子居然显得有些空荡。

唐青枝的淘宝服装店要准备上夏季新品，几天前就飞去了隔壁苏市的制衣厂亲自盯样衣制作，徒留下她一个人在家。

她叹了口气，听到床尾的手机响起微信提示音。

江迟：我们打个商量，以后在阿璟面前别拆我台行吗？

然然胃口小：不行。我之前跟你打商量的时候，你怎么不同意呢？

江迟：这性质不一样。

然然胃口小：哪里不一样？阿璟肯定早就知道你就是我直播间的那个黑子了，还怕我说出来？

江迟：我不能让你影响阿璟，他还小，不能沾染上你吃饭时的那些恶习。

然然胃口小：OK，那明天我就不去做饭了。

江迟：我错了。

宋亦然怼完人，心情十分好。

最近莱城阴雨绵绵，晚上只能听见雨点敲打窗户的声音，凉意蔓延，浸入心底。

明天还有活动，她很快就睡了过去。

05

5月20日和5月21日这两天是国内新兴起的情人节，Markgot餐厅的活动在上午九点准时开始。

一楼有人在控场，宋亦然坐在三楼的沙发上玩手机，她还挺想见一见那个“厨房神话”的。

过了一会儿，这一层仍然没有人来，她偏头问秦风：“不是说你们老板今天会来？”

秦风刚想回答，餐厅内部通往三楼的木制旋转楼梯上传来了脚步声。

皮鞋和木板接触发出的“嗒嗒”声越来越近。

气氛莫名变得紧张又严肃起来，她也端坐好，没一会儿，终于一个穿着正装的男人走了进来。男人身姿笔挺，双腿修长，身材好得像电视里的男模，脸也很好看，下巴瘦削，五官端正，眼睛深邃，头发打理得一丝不苟。

但这都不是重点，宋亦然蓦地睁大眼：“江迟？”

最近他们相遇的频率也太高了吧！

秦风在她身边，贴心地道：“宋小姐，这就是我们老板。”

宋亦然最近真的有种世界观被刷新的感觉，而且是一次又一次地被刷新，更可怕的是，每次刷新过后，她眼前的人都是江迟。

昨晚她就和江迟说好了，这段时间要去给江璟做饭，等活动结束，宋亦然再一次坐上江迟那辆熟悉的保时捷，终于忍不住感叹：“可以，这很跩，我服。”

“出息。”江迟嗤她。

车子在别墅前停下，江迟熄火开门：“食材和调料都照你昨天说的准备好了，在保鲜柜里，拿了就能用。”

宋亦然早就计划好了，一定不能再出现昨天的失误。江家都吃西餐，厨房里该有的调料都没有，于是她让江迟全都买好了。

宋亦然满心憧憬地进了厨房，江迟不放心，也跟着走进去。

洗菜的空当，宋亦然兜里手机频繁振动起来。她两手都湿着不好动作，于是抬了抬下巴：“江迟，帮忙看下消息。”

“你就不能先把其他事情放一放吗？这些食材放太久营养成分会流失。”他说着，从宋亦然风衣口袋里摸出手机，“密码？”

“‘江迟爱装B’的小写首字母。”

“……”

苏澄：怎么回事？十二点了还没开直播？粉丝都在催了。

苏澄：快回复？黑子都蹿起来说你不敢直播了！

苏澄：人呢？快死出来！

苏澄：你没提前请假，不开播要扣奖金的啊！

除了有苏澄的消息，还有一条消息来自她妈妈，郭女士。

母上大人：这周我有空，过来看看你。

今天刚好周五，宋亦然看到消息忍不住拍了下自己的脑袋：“我都忙得忘记了。”

江迟没有看人家消息的习惯，看她这样，忍不住问道：“怎么了？”

宋亦然快速给自家母上大人回了条“好的，爱你”，然后想也没想就打开了斗猫开始直播：“今天周五了。帮我拿着，尽量把我温婉的气质拍出来。”

江迟眼神复杂地盯着她：“对不起，这种莫须有的东西我拍不出来。”

两人都忘了现在是在江迟家，于是直播间的观众瞬间炸开了锅。

[然然最近换厨房了？]

[我怎么觉得这厨房有点眼熟啊？]

[这不是迟迟家的厨房吗？迟迟每次直播我都会看，绝对不会认错！]

[我放心了，看来两人是真的在一起了。]

[呵呵，这两人一看就是炒作的啊！真够恶心的。]

[互怼日常好有爱啊，好羡慕！]

一时间直播间里热闹非凡，可当事人却连瞟一眼的时间都没有。

江迟把手机固定好，看她手忙脚乱的，困惑道："你为什么点火了？菜不是还没切吗？"

宋亦然手起刀落，百忙之中抽空白他一眼："你懂什么！等我切好，锅里的油就热了，到时候直接下锅，省时又省力……鸡精！鸡精呢？"

江迟把东西拿出来，一边拆封一边皱眉："你为什么不先把调料拿出来准备好？"

宋亦然是绝对不会承认自己忘了的，她开始闭眼胡诌："这你就不懂了吧，一板一眼地下厨有什么意思？要想做饭快，厨房必须乱。"

为了避免他再问，宋亦然岔开话题："你不是西餐厨师吗？怎么，对中餐也有涉猎？"

江迟抽了下嘴角："我是西餐厨师，但我不傻。"

宋亦然："……"

十二点半，餐桌上摆好了热气腾腾的饭菜。

酸汤鱼的味道刺激着人的鼻腔，江璟收起书，坐到了餐椅上。

四菜一汤分别是：红烧小排、香煎鳕鱼、土豆炖牛肉、酸汤鱼、茶树菇龙骨汤，每一道都散发着诱人的气息，跟昨天吃的黑暗料理差别很大。

宋亦然捧着手机放在桌面上，完美地避开了身边的两人，单人入镜跟直播间的粉丝打招呼："哈喽，大家中午好，最近忙得不得了，今天没准备太多吃的东西，大家将就着看吧！"

然而大家并没有管她吃多少，弹幕画风一致得让人害怕——

[一起做饭什么的好有爱啊，好羡慕，这是爱情啊！]

[求迟迟入镜，他已经好几天没直播了，想他！]

[然然是不是和迟迟同居了？]

……

宋亦然这才惊觉她现在的直播地点是江迟家，这下好了，真的是跳进黄河也洗不清了，又要被说炒作了。她一看弹幕，果然——

[炒作狗，呕。]

[我才不信真的这么巧，现在我信主播在炒作了。]

宋亦然还有心思跟他们调侃："不好意思啊，真的有这么巧。"

江璟听到这话，知道她一定是又看到不好的消息了，于是摸出手机给她送礼物。

两三艘游艇砸下来。

他还想再刷，宋亦然看到提示消息，扭头一把抓住他手臂，压低声音："你干什么？熟人就别送礼了，送了斗猫还得扣一半，不划算。"

江璟犹豫了一下："他们……"

宋亦然给他夹了块鱼："你看我在意了吗？"

江迟很冷漠。

"各位，吃饭的时候能不能尊重一下我？"

"迟了五分钟，鱼汤不好喝了。"

"煮玉米放点盐会更甜。"

然而并没有人理他。

他可是对吃饭要求很高的啊，好好对待食物？不存在的。

宋亦然让他很难受，真的很难受。江迟端着碗，根本控制不住场面，他叹了口气，完全没有办法安心地吃饭。

完了，这下彻底完了，不止江璟被带偏了，他好像也要往跑偏的道路上走了。

06

宋亦然收拾好厨房，随手翻着手机里的菜谱往客厅走。

明天吃什么呢？难度太大的不考虑，太简单又懒得动手。

屏幕上突然跳出一个视频电话，她接起来，顺便从口袋里摸出耳机戴好。屏幕晃了一下，就看到几天不见的唐青枝一脸明媚的笑容。

苏市那边没有下雨，阳光很强，她大概是在工厂里，周围有缝纫机不停运作的声音。

唐青枝远程质问她："你跟大猪蹄子在一起了？"

宋亦然想起江迟人前人后的两副面孔，立马反驳："怎么可能？"

"那你怎么去他家了？"

宋亦然边走边解释："我贡献榜上的那个江璟，你记得吧？是江迟的弟弟。他最近吃不下东西，甚至严重到低血糖晕倒在学校来着，江迟让我帮忙看能不能让他多吃点东西。"

"那可太巧了，我直播间里不少人问我，你们是不是在炒作，我都回复不过来。"

"随他们怎么说吧，这种事情不是否认就会平息的，再说了，我要不是当事人，我也觉得是在炒作。"宋亦然根本不在乎这种事情。

唐青枝沉默了一下，总结一句："你心可真大。"

正聊着，宋亦然发现有个人站在墙边，她抬了抬头，摘掉一只耳机："阿璟？"

江璟目光盯着身侧那堵墙面上的相片，他站得笔直，蓝白色校服外套还搭在臂弯里。

他像是没听见，一点反应也没有。宋亦然又喊了一声，江璟才收回视线看向她。

看他已经换好了鞋子，宋亦然问道："你要去学校了？"

江璟低低地"嗯"了一声，想到什么，他又说："饭菜很好吃。"

这几天因为宋亦然在，他的胃口比平时好很多。

宋亦然乐了，把手机收回风衣口袋："你可比你哥会说话，他只会说我浪费食物，哈哈哈。"

仿佛听见有人在背后说自己坏话，江迟猛地打了个喷嚏。

四周一片寂静，江迟视线扫了一圈，办公室内所有人都在看着他。

秦风看着他问："江少，您感冒了？"

江迟以手掩鼻，轻咳了一声，十分冷淡地道："没有，你继续。这个月的新菜品出来了吗？"

秦风不疑有他："已经在试吃阶段了，用不了几天，菜品就能确定下来。"

江迟点点头，手边的手机振了一下。

他指尖轻轻滑动，看到一条新消息。

然然胃口小：明天请假。

宋亦然抓着手机一筹莫展。

前几天苏澄就给她提过醒，她微博的粉丝现在已经达到了600万，要发一个福利视频，不算在周三周五的直播时间内。

但发什么？这是个问题。

像是知道她的困惑，手机响得很及时。

苏澄：要我给你建议吗？

然然胃口小：说。

苏澄作为斗猫金牌管理员，一直密切关注着自己负责的主播的动向，昨天宋亦然在江迟家的一次直播，直接让她冲上了热搜榜第一。

这绝对是个天赐的好机会。

苏澄：你跟江迟合体直播，我保证你礼物收到手软。

她就知道苏澄想不出什么好点子。

然然胃口小：做梦吧，你。

她要是跟江迟一起直播，不就真的成了炒作吗？她还是有职业操守的！

直接无视了苏澄，宋亦然梦游一般摸进厨房。

已经快6月了，天气越来越热，她的车又还在修理厂，这种情况让她出门不如让她去死。

宋亦然在厨房转了一圈。她有个囤东西的癖好，每次去菜市场会买好一周的食材，冰箱里从来都满满当当的。这么一想，她直接开电脑打开了直播。

[终于等到你，600万福利！]

[我就说一句，然然最美，没人反驳吧？]

[咦？然然回自己家了？]

[然然和迟迟到底是什么关系呀？]

宋亦然在家一般都穿得比较舒适，一如既往地化上淡妆，一张脸素白干净，长发随意绑了个马尾垂在身后：“大家中午好呀，今天是 600 万福利直播，观看过程中会随机掉落宝箱，可以获得斗猫币，看到结尾的有惊喜噢！”

说完，她把手机固定好，拿了食材准备做饭。

“首先要做的是糖醋咕噜肉。”宋亦然一边切肉，一边调好糖醋酱。

手边的砂糖不多，她打开冰箱，发现唐青枝一个月前买的那袋栗子还在，又嘀嘀咕咕道：“一会儿再做个栗子炖牛肉，完美。”

她忙起来根本顾不上看弹幕，一个小时后，终于坐在了屏幕前。

宋亦然眯着眼睛，搓了搓手，一桌子的食物都把自己都给看饿了。

“开吃喽！”

07

“作为一道新推的前菜，Truffle Scones with Foie Gras Mousse(松露司康饼配鹅肝慕斯)最近被客人点得很多，可以保留；而同样是前菜，Chicken Tortilla Cumin Peppers, Guacemole(鸡肉玉米饼配孜然、牛油果酱)这一道却无人问津，上次有个顾客甚至闹着要退餐，你们自己好好思考思考问题出在哪里。

“一道菜不仅要外形美观，它的口感更是要经过层层把关达到最完美的效果，两者结合，才算是一道成功的菜品，懂了吗？”

被训的一群人低着头，安静如鸡。

江迟说完，抬手看了一眼腕表上的时间，十二点半了。

他上午已经安排了李姨去家里给江璟做饭，就是不知道宋亦然不在，江璟吃得怎么样。

正想着，他视线转了转：“还愣着干什么？等我做好饭菜端到你们面前请吃饭？”

一群人立即把桌上的食物撤了下去，速度飞快地溜去吃饭了。

江迟抬脚往楼下走，边走边打开斗猫。

关注列表里只有一个人，那人正在直播，大写加粗的标题也很引人注目：然然的600万粉丝福利，结尾有超大惊喜等着你！

她请假原来是因为这个。

江迟已经很久没进过她直播间了，他坐进车里，打开空调，长指点进她的直播间。

看到他的ID出现，直播间的观众热情得像是被什么附了身，弹幕一片“啊啊啊迟迟终于出现了”的呼声。

宋亦然正埋头吃东西，洁白的脸颊被热气蒸腾得有些微红，看起来有些可口。

作为一个人气不低的主播，她有个边吃边品的习惯：“这个牛肉炖的时间够长，已经有些软烂了，我还加了桂皮和八角，真的很香。”

隔着屏幕仿佛都能闻到牛肉的香味，江迟抿了抿唇，但在看到宋亦然面前那个脸盆一样大的碗时，他面上浮现出一些难受。

没想到熏陶了她这么久，她连一点改变也没有。

正想嘲讽一下她，忽然，江迟打字的手顿了一下。

宋亦然刚好夹起了一颗栗子往嘴里放，含混不清地说：“栗子跟牛肉一起炖了有差不多半个小时，口感有些粉，还带着点牛肉的香味，很好吃。”

江迟眉心皱了一下，想了想发弹幕会带给她一些负面影响，于是放弃了，只好打开微信给她发消息。

江迟：你是不是智障？

江迟：牛肉和栗子不能一起吃，你不知道？

等了一会儿，对方没有回复，他干脆一个电话打了过去，没人接。

直播里宋亦然又吃了一块牛肉。

江迟眉心皱得更厉害，只能直接给她发弹幕。

[游客 123：傻子吗？微信不看，电话也不接？]

他之前续费了会员，弹幕仍然是漂亮的彩色字体。

宋亦然有点蒙，她这几天安安分分地去江家做饭，结果还被说成是“傻子”，她有点不乐意：“你干吗？又想找碴？我手机在房里充电，有事说、没事滚。”

江迟要被她气死了。

[游客 123：你傻不傻？牛肉跟栗子不能同吃，吃多了会引发呕吐！]

[游客 123：有没有点常识？]

他发完，弹幕纷纷变了个画风。

[我之前就说了，然而弹幕太多，然然根本看不到。]

[别骗我，我刚想做一锅，这两样一起吃会食物中毒？]

[我也提醒过了，然而并没有人发现 2333……]

[天啊，我刚买好牛肉跟栗子……]

……

宋亦然炖的一大锅栗子炖牛肉已经被她吃了大半锅，她盯着那两条显眼的彩色弹幕，花了两秒钟思考江迟是不是在诓她，突然，腹部传来尖锐的刺痛。

完了，宋亦然后知后觉：她活了二十多年，真的食物中毒了。

[游客 123：把你家地址给我，快！]

十几分钟后，江迟把车停在了宋亦然的小区里。

Markgot 餐厅离宋亦然住的地方不远，今天运气好路上也没有堵车，江迟站在她家门口大力拍门："宋亦然，应我一声！"

她直播还没来得及关，隐隐能听得见她呕吐的声音。

江迟心急如焚，动作又重了一点："宋亦然！开门！"

几秒后，房门被人从里打开。

宋亦然长发披散，脸色发白还有些浮肿，没什么力气地扒着门，像个女鬼一样，看了他几眼，突然脖子一梗："呕——"

她飞快地奔进卫生间。

直播间的观众看到江迟入境，直接爆炸。

江迟车上备有常用药，他摸出一盒，问："你止吐药吃了没有？"

宋亦然有气无力地抓着马桶边，按下冲水键："吃了，青枝上回感冒囤了一点。"

江迟抓起她的包，把人从卫生间薅出来："我送你去医院。"

宋亦然勉强挣扎道："等等，我去拿手机。"

08

华南中学。

郭女士一身轻便地拎着行李箱走进登记处："你好，我找一下宋亦然老师。"

负责登记的年轻门卫手头动作顿了一下，他拧眉仔细想了想，才道："不好意思，这里没有叫宋亦然的老师。"

郭女士立即道："这怎么可能呢？我女儿跟我说她在三年级一班当班主任。"

门卫也愣了一下，看面前的中年女人说得很有底气，他自我怀疑了一下，于是翻了一下手里的表格，才终于肯定地说："三（1）

班的班主任姓徐，是个男老师。”

郭女士不敢置信，于是再三确认：“我女儿宋亦然去年进了这里当实习老师，你没见过她？”

听到这个，门卫终于可以底气十足地回答她了：“去年我们学校并没有分配实习老师过来。”

郭女士一听差点昏厥过去，敢情她一直被宋亦然蒙在鼓里？

就在这时，她手机上推送了一条新闻。

——某知名女吃播直播时食物中毒，原因竟是吃了这个……

宋亦然坐在病床上输液，无语望苍天。

该吐的差不多都吐完了，她现在一点力气也没有。

江迟推门走进来。他人高腿长，今天去了餐厅开会，还穿着中规中矩的正装，宽肩窄腰的，无形中带着点压迫感：“一个美食博主，居然能把自己吃到食物中毒，宋亦然你是不是长了猪脑子？”

宋亦然根本无法反驳，只能躺下羞愧地抓起被子往头上一盖。

江迟掀开被子：“你小心点，手背上还扎着针。”

宋亦然扒拉着被子，额头上闷出了一层薄薄的汗，看着他，眸光水盈盈的，显得有些柔弱：“江迟，我没脸见人了。”

刚才趁着江迟下楼买吃的空当，她看了网络上的新闻，她食物中毒的消息几乎被各个大V博主转发，现在微博上还挂着#某知名女吃播直播时食物中毒#的话题，热度十分高。

江迟闷笑了一下，打开藕粉的盖子：“我当初发弹幕让你少吃点，你要是吃少一点就不至于进医院了，自作自受。”

宋亦然不乐意了，开始跟他互相伤害：“你这个人没点同情心的吗？我好歹还给你当了那么多天的免费保姆呢，你就是这么对待我的？”

就在这时，门口传来一个女人的声音：“然然，可心疼死我了，宝贝！”

唐青枝推门走进来，风尘仆仆的，手里还拎着小行李箱。她眉心皱得紧紧的，奔过来时还带着室外的热气。

“你这么快就回来了？”宋亦然重新坐起来。

“我刚下高铁就坐出租车过来了。怎么回事啊？怎么把自己吃成这样？”唐青枝看着面前的女人，由衷地同情，“真可怜，我不在家你都瘦了。”

看她们深情切切，江迟觉得自己反而显得有些多余，道：“那我先去吃饭。”

等人一走，唐青枝神秘又八卦地凑近宋亦然，压低了声音：“别说，这么一看，大猪蹄子还是挺靠谱的，你们……”

宋亦然伸手挡在两人中间打断她，表情十分严肃认真：“请立即停止你脑子里那危险的想法！”

她刚说完，枕头下的手机有些压抑地响了起来。

宋亦然摸出手机，突然惊慌不已：“坏了坏了。”郭女士给她打电话了。

这几天兵荒马乱的，她都忘了郭女士之前说要来莱城看她：

“妈？”

郭女士那边很嘈杂，好像有不少人在身边，她问：“你在哪儿呢？”

宋亦然小小地心虚了一下：“妈，周一呢，我当然在学校啊。对了，你说要过来大概什么时候来？我安排下时间好去接你。”

郭女士：“我已经过来了。”

“啊——”宋亦然滞了一下，随即看了眼头顶上的吊瓶，还差一点就滴完了，于是道，“你在哪儿，我去接你？”

“我在你们学校门口。”

“……”

“宋亦然，你是不是一直把你妈当傻子呢？”

09

宋亦然跟在一个中年妇女身后，像只缩头的小鹌鹑。

医院的楼梯间十分安静，偶尔能听见细微的咳嗽声。

淡淡的消毒水味混杂在空气里，被窗口吹来的热风带进鼻腔。

唐青枝拖着行李箱跟宋亦然走在一起，两人都是一副低眉顺眼的模样，像两只鹌鹑。

鹌鹑二号拉了拉鹌鹑一号的手：“怎么办，怎么办？我也是帮凶。”

以前郭女士查岗时，也问起过宋亦然的室友，她就假扮隔壁二班的实习班主任唐老师一起帮宋亦然圆谎。后来她还跟郭女士通过一次电话，郭女士友好地表示希望她跟宋亦然互相帮助，她当时连连应好。

宋亦然整张脸都垮得厉害，她能怎么办，她自己现在自身难保。

走到医院大厅，三人碰到刚好吃完饭在前台缴费的江迟。

江迟一回头，看宋亦然缩着肩膀低着头乖得不得了，有点新奇地挑起半边眉："犯什么事了？"

闻言，郭女士看向他，目光中带着点探究。

宋亦然埋着的头抬了抬，她心里郁结，憋屈道："没你什么事。"

江迟愣了一下，这女人怎么这么喜怒无常？他把手里的票据都放到宋亦然手里，微笑道："1200元，支持微信、支付宝转账。"

宋亦然瞪他一眼，默默接过票据。母上大人在身边，她可不敢与他对抗。

回到家，郭女士坐在沙发上，调整好姿势，她不怒自威，震得宋亦然一丝气焰也涨不起来。她殷勤地去倒水："妈，您一路过来渴了吧？"

郭女士冷哼了一声，接了那杯水。

唐青枝也端过来一个果盘："阿姨，您消消气。"

郭女士脸色稍霁，不好冲她发脾气，只好道："小枝，你先回房间，我有事要跟宋亦然说。"

完了，宋亦然望了望天花板。郭女士连名带姓地喊她，就证明郭女士非常生气。

唐青枝乖乖起身，走之前同情地看了宋亦然一眼，朝她做了个“撑住”的口型。

客厅里一片寂静。

宋亦然低着头认错：“妈，我知道错了。”

郭女士面色不虞，气势威严，将手中水杯重重一放：“我让你去学校实习，结果你去当了主播？你大学五年就这么白念了？那天撒谎跟我说写论文，你当时到底在干什么？”

宋亦然埋着头，瓮声瓮气：“我没在外面跟人鬼混，那天平台有个晚会，我是去参加晚会的。”

她在心里把江迟痛骂了一番，要不是因为江迟喝醉，她早就到家了，哪有那么多事。

郭女士抱着双臂：“那个帮你撒谎的男人呢？”

“他也是个主播，当天我跟他一起走的红毯，怕你担心我只好让他帮我了。”像是想到了什么，宋亦然又说，“你要是不信，可以去斗猫软件里找当天的直播，有全程记录。”

她当然知道郭女士不会真的去看视频，但是要想蒙混过关，就必须底气十足。

郭女士双目瞪圆，恨铁不成钢地敲了几下桌面：“我从小就教你女孩子要爱护自己，你放着好好的老师不当，要去做一些出卖皮相不光彩的事情，传出去你让我这张老脸往哪儿搁？”

宋亦然有些为自己鸣不平："不是，妈，怎么就出卖皮相了？我靠的又不是脸和身体，我靠的是胃，我只是直播自己吃饭而已，还带动了没食欲的人多吃饭，怎么就不光彩了？"

她直播间里总会有人刷"本来吃不下饭，看到然然的直播就饿了"这类的弹幕，之前她还以为是这些粉丝的恭维，直到看到江璟……她能影响和帮助别人，这是件很美好的事情。

从小到大，宋亦然都没有忤逆过郭女士什么。

郭女士气极："你觉得自己做得很对？"

宋亦然垂着眼睑："至少我没有做错。"

郭女士浑身发抖："你这是要气死我！"

……

10

宋亦然爬起来的时候，浑身都不得劲，她在沙发上躺了一晚上。

郭女士决定最近几天要在莱城住下，她活动了一下身体，认了。

厨房传来热油的"刺啦"声，宋亦然穿好鞋摸到厨房："青枝？转性了，起这么早？"

不怪她觉得奇怪，唐青枝平时要睡到日上三竿才会起床，简单吃个饭，再开几个小时直播，一天就这么过去了。

话音刚落，她看清了背对着自己的人，是她妈。

唐青枝从卫生间出来，嘴里含着根牙刷，牙膏白沫在嘴边围了一圈，含混不清道："阿姨喊我起来吃早饭呢。"

她说完，郭女士就从厨房里走了出来，手里端了两个盘子，盘子里有煎得很漂亮的太阳蛋，散发着诱人的香气。

"小枝，过来吃饭了。"

宋亦然快速洗漱完也坐了过去，她盯着桌子上的两份早餐问："妈，我的呢？"

郭女士吃着蛋，头也没抬："想吃自己做。"

宋亦然："……"

快到中午时，宋亦然拿好包，抓起伞，在门口换了鞋，跟坐在客厅看电视的郭女士打了声招呼："妈，我要出门了。"

原本以为郭女士会问问自己去哪儿，哪知道郭女士连一眼也懒得分给她，拿着遥控器换了个台。

宋亦然叹了口气。昨天两人吵架后，郭女士就对她爱搭不理的，她开始怀疑自己是不是真是捡来的。

唐青枝拿了根冰棍叼着，问她："又去江家给那孩子做饭？"

郭女士盯着电视，耳尖动了动。

宋亦然应了一声："嗯，阿璟下个月有竞赛，不能先把身体搞垮了。"

说完，她打开门，又看了眼面无表情的郭女士："那我走了。"

郭女士没有回应，唐青枝道："去吧。"

等宋亦然收拾完毕，她想起了昨晚在微博上看到的新闻，压低了嗓音提醒："然然，你跟江迟，彻底火了。"

宋亦然赶到江家别墅的时候，刚好中午十二点。

太阳悬挂在脑门上方，连吹来的风里都是化不开的热意。

管家跟她熟了，连忙找了湿毛巾过来给她用。

江璟拿着笔，埋头在草稿纸上写写算算了一大串的数字，听到声音抬起头："宋姐姐。"

江璟写的东西宋亦然完全看不懂，只觉得数字在眼前打转。

她学习成绩一般，数学尤其差，中考之后进了师范学院，念了四年大专，要到今年6月才毕业。这期间，她可以说是一点长进也没有。

世界太不友好了。

宋亦然环视一圈："你哥呢？"

昨天江迟还问她要1200元的医药费，结果晚上给他转过去他又没有收。

从楼上飘下来一个声音："找我干什么？感谢的话就不用说了，毕竟照顾孩子是我这个当爸爸的应该做的。"

宋亦然把毛巾一丢："我可去你大爷的吧！"

她一头扎进厨房里埋头捣鼓，这次厨房里竟然没有产生一点噪音，这让江迟十分不适应。

过了一会儿，宋亦然道："江迟，借你的地方开个直播呗？"

她昨天因为食物中毒的事情，直播任务也没完成，没头没尾的不知道黑子们会怎么说她呢，家里又有郭女士坐镇，她实在不敢在老虎头上拔毛。

江迟耸了耸肩膀："你随意。"

两分钟后，宋亦然斗猫直播间弹出消息。

——中毒也挡不住我送福利的决心。

第四章 这稀里糊涂地假装情侣

01

宋亦然边做饭边尴尬地回应着弹幕："对，中毒了，没什么大问题，已经好很多了。"

做网红做到她这个程度，也是很让人绝望。但是一般人谁没事会去查哪几样东西混在一起吃会导致食物中毒呢？这么一想，宋亦然释怀了。

[这又是炒作吧？这一波微博热搜，能涨不少粉呢。]

[丑人多作怪，最近怎么老看到她的消息？]

[之前不相信炒作，但是看到你又涨了几万粉后，我信了。]

宋亦然就猜到一定会有黑子上蹿下跳，好在她心态好。

有句话怎么说的来着？网络上的人抱着键盘就能喷。这年头，无脑黑的人实在太多，要是个个都在意，她岂不是得累死？

就在她无视了这群黑子之后，短短几秒，屏幕上又飞满了游艇。

一溜儿蓝色游艇砸下来，把弹幕挡了个严严实实，她仿佛能听到人民币哗啦啦进袋的声音。

她从厨房探出个头："阿璟，注意点别刷了，说不定有人说你是我请来刷礼物的呢！"

她刚说完，江迟提醒她："看弹幕。"

[这个叫江璟的，每回都刷几万，不会是主播某个好友特意来帮忙刷热度的吧？]

宋亦然无话可说："花 10000 还得扣 5000，我会做这种赔本买卖？"

江璟还想再刷，余光忽然看见有个人发的弹幕画风很奇怪，却是实实在在地在为宋亦然说话：

[小丫儿：你们凭什么骂人家细囡儿？]

[小丫儿：人家细囡儿吃你的了？都是家里的宝贝，你们这么

骂，细囡儿的父母多心疼？]

[小丫儿：都是有娘生有爹养的，说话积点德吧！]

江迟倚在厨房的门框上，摸着手机，突然偏头笑了下："没想到你还有妈妈粉？"

"这有什么奇怪的，"宋亦然看着弹幕迅速闪过，有些自豪地道，"我还有奶奶粉呢。"

等一道菜做好，宋亦然拿起筷子打算尝一下味道，红烧肉片刚被递到嘴边，芝麻的香气甚至还没飘进鼻腔，就被另一双筷子给截住。握筷子的那双手干净修长、指节分明，动作精准地抢走了她的肉片。

宋亦然不开心了："我做了一大碗呢。"

言下之意，肉片多了去了，你抢我的干吗？

江迟哼了一下："你以为我缺这一块肉？某个人昨天才吐完，医生说最近要饮食清淡，不能多吃，而且要好好对待每一道菜，你忘了？"

宋亦然狐疑地看着他："医生什么时候说了'要好好对待每一道菜'？"

江迟咳了一下，面色不改："江医生说的。"

宋亦然抽了抽嘴角："听你吹个大牛皮吧！"

直播的最后，宋亦然抽了五个人每个人都发了"888"元的红包才算完。

消费信息进来，宋亦然瞥了一眼，关掉手机。

她昨天没注意医生说了什么，但是一想自己才吊完水，确实不能吃油腻的，于是把饭菜端上桌后就想走，打算随便在哪家粥铺买点粥喝。她还是惜命的。

她刚拿起包，江迟已经从厨房端了碗清淡的薏米粥出来："怕你太可怜，加了点红枣。"

宋亦然十分诚恳地道："好感动，你居然为了我不做西餐了。"

江迟面无表情地推开她："请你别这么恶心。"

"哦。"

宋亦然舀着粥，心田一片温暖。

江迟还是有点人性的……

就在这时，她放在桌面上的手机振了振。

眼看着宋亦然放下了勺子要拿手机，江迟忍不住了："好好吃饭。"

宋亦然想起自己面前的这一碗粥，炖得很烂了，连红枣丝儿都软软的，甜度也适当，估计熬了好几个小时。她犹豫了一下，一脸认真严肃地重新拿起了勺子。

算了，今天先迁就一下他。

吃完饭，宋亦然才看到手机上的消息，是唐青枝发过来的。

青枝：然然，阿姨刚才让我给她申请了一个斗猫账号，名字叫"小丫儿"，你直播的时候注意点言辞，别惹她生气了。

宋亦然觉得这个名字有点眼熟，她想了想，才想起来刚才直播间里说方言维护她的那个人的ID，好像就叫“小丫儿”。

小丫儿其实是宋亦然的乳名，不过后来她大了，郭女士就不这么叫她了。

一时间，宋亦然心里涌起一股热流，几乎要蔓延到全身各处。

她赶紧收拾好东西，将砧板、菜刀洗干净，江迟在旁边提醒：“厨房一会儿会有人整理。”

宋亦然咧嘴一笑，露出一排白净的牙齿：“我乐意！”

江迟才懒得继续管她，干脆靠着墙盯着她收拾。

她心情明显比刚来的时候好了不少，也不知道到底发生了什么事……

把碗筷放回原处，宋亦然洗手擦干，经过江迟时，走了几步又倒退着回到他面前，停下来微笑着看他一眼，然后伸手踮脚，拍拍他的肩膀，温柔道：“迟迟，妈妈爱你。”

江迟捏起她的手腕丢开：“滚。”

宋亦然抬脚就走，心情好得可以哼歌。

02

宋亦然摸出钥匙打开门，兴冲冲道：“我回来了！”

屋内客厅里一老一少两人坐在沙发上，一人抱了半个西瓜，正在追最近播的一部热门剧。

郭女士看得很认真，闻言，稍微抬了抬眼："回来了就去换身衣服，西瓜在冰箱里。"

宋亦然知道自家妈妈已经对她开直播这件事释怀了，于是浑身轻快地走进房间。她走进去没多久，正在衣柜里找短裤，唐青枝探头探脑地走了进来："阿姨没怎么你吧？我在她面前也不敢看你直播。"

宋亦然利索地脱了身上的短裙："没有，还维护我了，你跟她说什么了？"

唐青枝坐在她床上："阿姨早上问我江璟的事情，我就如实告诉她了。我还跟她说，主播工资高，我们不卖身又不卖肾的就买了车……直播间的黑子就像学校里不听话的孩子，躲也没法躲，她就要我帮忙申请了个号。"

宋亦然伸手捶了她一下："真有你的。"

等她换好短衣短裤抱着西瓜坐到沙发上时，郭女士正偏头看她。

宋亦然腰板挺直，如同一个等待着命令的战士。

郭女士叹了口气："你直播这事我不管，我看过你的直播回放，吃得太多了肠胃能不能消化？你去医院做个检查，身体没问题的话，我就随你。"身体是革命的本钱，她只要求宋亦然身体健康、平平安安就好。

宋亦然点头如捣蒜。

当晚，宋亦然窝在沙发上给江迟发消息。

然然胃口小：明天我有事，你记得给阿璟做鳝排，他说想吃。

江迟：我让厨师做，明天我也有事。

然然胃口小：好吧。

第二天清早，宋亦然空腹去了医院。

她七点到时，人已经很多了，每个科室前都是一条长龙。

中午十一点，宋亦然各项检查完成，她摸着肚子往外走，迎面撞上一个人。

男人逆着阳光，短发被染成了金色，很柔软地垂着。他身上挂着白色的宽松短袖，黑色浅金刺绣外套搭在臂弯，同色运动裤把双腿衬得又长又直，AJ 白鞋擦得很干净，双手插兜，整个人看起来清爽又精神。但是，兄弟，三十四摄氏度的天气，你居然还带着外套？宋亦然心服口服。可以，这真的很装 ×。

江迟也有点意外，昨天她才请完假，结果转眼两人在医院重逢……

他挑眉看她："你又中毒了？"

宋亦然咬牙："中个屁的毒！"

这事还没完没了了是吧？

江迟嘴角噙着一抹笑："那你怎么了？肚子被饭撑破了？"

……

输人不输阵，气势涨起来，宋亦然反问："你又怎么了？该不是肾虚？"

“你才肾虚。”江迟脸一黑，抬脚往旁边的门里走。

“哎？那边不是挂着‘勿扰’的牌子吗？”

江迟低沉的声音传过来：“我去找心理医生。”

宋亦然惊了，连忙跟上去。江迟腿太长，几步距离她都得小跑着才能追上：“原来你真的心理变态啊，江迟？”

这下好了，关于他在吃饭上那些怪癖就可以解释了，因为他心理有问题！

宋亦然想起他曾经给自己发的弹幕，突然觉得自己心眼怎么比针尖还小，怎么能这么对待一个有心理疾病的人呢？

她脑海里的剧情曲折离奇。

江迟顿住脚步，抬手就在她脑门上敲了一下：“你才心理变态。”

不是为自己，那是为谁？

宋亦然跟着他绕过有些喧杂的医院大厅，走进后花园，穿过后花园，四周逐渐宁静了下来。

头顶上有密密匝匝宽大的叶子，大朵大朵的白玉兰开在树上，清香扑鼻。

漂亮的蝴蝶拖着长尾，在身边花坛上飞舞，时而飞过眼前。

心一下子静了。

宋亦然亦步亦趋地跟着江迟，整个人几乎被他的影子完全笼罩，两人爬上楼，她惊讶道：“没想到这里还有心理咨询室。”

江迟直接绕过咨询室，停在了另一间房间门口，伸手推开。

门外的亮光来得猝不及防，床上闭着眼小憩的男人猛地弹起，看清来人后，他猛地又躺了回去：“江迟你大爷的，带妹子过来不早说？老子没穿上衣！”

“没事我不在意……”宋亦然摆了下手，就感觉到头上一重。

视线里一黑，鼻尖萦绕着浅淡的薄荷味道，应该是洗衣片留下的香气，在夏日的高温里让她感觉到了一丝清爽。

窸窸窣窣的动静过后，江迟把她脑袋上的外套收走。

宋亦然一张脸被闷得通红，额角渗出的汗滴沾湿了发丝，一颗颗掉下来。

江迟看她一眼，嘴唇微动，吐出两个字：“水鬼。”

“……”可把你给能的。

03

裴一允一本正经地坐在咨询室里，仿佛刚才裸着上半身午睡的人不是他一样。

他坐在太师椅上，满脸严肃：“照你说的，最近小璟情况好了很多。我说过的，他那么聪明，不会让自己真患上厌食症。就算宋小姐不直播，他也会去看她的回放，尽量让自己吃东西。”

江迟靠着沙发，将外套抱在怀里：“有没有能知道他压力来源的办法？”

裴一允转着一支笔：“如果他不主动说出来，就只能靠你自己慢慢发现了，各方各面都可能给他压力，比如学习、人际交往等，我跟他接触少，暂时找不出来。”

江迟顿了一下：“他过不久要参加一个奥数竞赛，期末也快到了，每天都在埋头做题。至于人际关系，我没去过他学校，不过他不喜欢跟人说话，应该也没什么朋友。”

裴一允叹了口气：“你对他的了解太少了。”

临走前，裴一允突然看向宋亦然，他搓了搓手，像是有点不好意思。

江迟看着他，见不得他这副辣眼睛的样子，语气不快道：“有事说。”

“你凶什么？”裴一允扫他一眼，拿过一旁的纸笔，“宋小姐，能不能麻烦你，帮我要一下青枝的签名？”

对于宋亦然来说，这根本不是什么问题，她爽快道：“可以，到时候让江迟送过来。”

无辜躺枪的江迟：“我可没说我会送？”

宋亦然拍了拍他肩膀，严肃道：“迟迟，天将降大任于斯人也。”

江迟满脸冷漠。

两天后，宋亦然拿到了体检结果，各项指标正常。

郭女士看了又看，才终于放下心，订了当天回家的机票。

宋亦然把人送到城北的机场，两人坐在候机厅里，吹着空调。

郭女士闲不住，想起自己看过的宋亦然的直播回放视频：“上回送你去医院的那个男人，跟你什么关系？”

宋亦然头有点大：“就是朋友关系，江璟是他弟弟。”

“哦。”郭女士不说话了。

半个小时后，郭女士坐上了回程的飞机，离开了莱城。

宋亦然接到修理厂的电话，干脆打了车去修理厂取车。

最近事情多又杂，她时常忙得分不清东西。

下午三点，唐青枝自己办了个粉丝见面会，要她去撑场子，她方向盘一转，开去了海西商城。

按照地址找了半天，宋亦然在火锅店的入口处，碰到了两个熟人。

裴一允十分自来熟地打招呼：“然然！”

江迟一巴掌呼在他头上：“正常点！”

宋亦然点点头：“我理解，为了看到青枝不尴尬，开始跟我搞好关系，顺便也让我帮你创造一下机会，对吧？”

裴一允伸出手：“聪明！”

宋亦然也伸出手打算击掌，就快要碰到裴一允的手时，江迟伸手截住她，跟她击了一下掌，然后深以为然地道：“我就是这么被他拉过来的。”

裴一允收回手，面色复杂地看了江迟一眼。

就在这时，楼上走廊冒出一个脑袋。唐青枝冲她挥了挥手，打破了这个略显得有些尴尬的场面：“然然，过来！这里！”

这家火锅店味道很好，唐青枝包了火锅店二楼一个下午用来开见面会，现在整层楼都是人，熙熙攘攘的，要不是唐青枝喊她，她根本找不到。

唐青枝这一桌坐的都是跟她关系好的主播，还空了几个位置，他们过去刚好坐满。同桌也有个吃播妹子，头发短短的，发尾修得很齐整，刚好到下巴位置，脸很小，穿了条嫩黄色长裙，耳朵上的流苏耳坠闪着光。

作为吃播界的泰斗，宋亦然跟一些吃播博主也认识，这个妹子名字叫 vivian，在斗猫直播平台上的热度也不低。两人私交不多，互相打了个招呼，落座。

唐青枝的粉丝大多都知道宋亦然，知道宋亦然的大多都知道江迟，所以两人一出现，整个店内都是“哟哟哟”的调笑声。

宋亦然早已经对这件事免疫，也知道解释没有用，干脆任由他们起哄。江迟显然跟她一样，也毫不在意，坐在那儿跟个矜贵的少爷一样。

当然，他也确实是个少爷。

几分钟后，唐青枝开了个游戏，赢了的有 588 块钱奖金，现场十分热闹。

裴一允期期艾艾地吞吐了好一会儿，都没找到机会跟她说话。

宋亦然吃了片肥牛，跟江迟打赌：“一个小时内，他跟青枝说不上话。”

江迟就坐在她身边，也来了点兴趣：“588 元，我赌可以。”

04

活动进行到一半，突然有人起哄，让宋亦然和 vivian 拼一下饭量，唐青枝二话不说，给两人准备了新的锅底。

今天刚好是周三，宋亦然顺便开了直播混时长。

她与斗猫签了合约，一个月要直播超过 20 个小时。

江迟眉心皱起，坐在她旁边看她涮肉，十分难受地道："你别吃了。"

半个小时后，他扶了扶额。

又过去半个小时，宋亦然桌面上的食材已经换过一轮。

江迟脸色不是很好看："你的胃是无底洞吗？"这样吃东西对他来说，实在是一种巨大的折磨。

宋亦然谅解地看着他："我包里有眼罩。"

几分钟过去，江迟没忍住，翻出了她的眼罩。眼罩是绿色的，上面还有两只立体凸出的眼珠。

这种款式的眼罩他一个大男人戴着实在有点羞耻……他一脸为难："这怎么戴？"

宋亦然放下筷子，拿过眼罩，给他套了进去。

视线被阻挡，他能感觉到柔软的指尖擦过他耳郭。

看不到东西，其他感官就变得更加敏锐。鼻尖萦绕着浓重的火锅气味，仔细一闻好像还夹杂着宋亦然身上淡淡的香水味，是栀子花的香气。

又过去半个小时，江迟受不了了："你还没吃完？"

到底是有一个多大的胃？

宋亦然擦擦嘴，揭开他的眼罩，第三轮食材已经吃完了，vivian那边也差不多。

面前这张桌子到处都是食物残渣，江迟有些沉痛地盯着她："我怎么会认识你这样的人……"

看完热闹，唐青枝开了奖，扶了扶额，去了趟卫生间。

她刚才喝了点啤酒，头有点晕，捧了把水浇在脸上，才终于好受了一点。她很能喝酒，但是喝了酒之后容易脸红，看起来就像喝大了。她正打算出去，就被人堵住了。

门口站着个流里流气的男人，穿着黑色短袖和破洞牛仔裤，裤腰上还挂着条铁链子。他人瘦得脱了相，肤色蜡黄，一副营养不良的样子，最显眼的是一头黑色蓬乱的长发，挡住了轻佻的眼神，指尖还夹着根点燃了的烟。

男人靠着门框，一条腿横在路中央，看着她问："美女，约吗？"

唐青枝揉了揉还挂着水珠子的脸，怀疑自己出现了幻觉。

男人靠过来，劣质的烟味把她手上的洗手液味道都冲得很淡，他手臂抬起搭过来。

唐青枝地痞似的动了动脖子，手有点痒了。就在她想抓住男人手臂的时候，另一只大手把男人抓得一个踉跄，甩到了墙壁上，

“砰”的一声，她听着都觉得疼。

裴一允把人抵到墙角，愤怒道：“搭讪就搭讪，还想动手动脚？”

……

动的还是他喜欢的女人？不能忍。

男人挣扎了一下：“你想干什么？”

裴一允屈起膝盖怼他肚子，一字一顿：“教你做人。”

把人揍了一顿后，裴一允回头去看唐青枝：“你没事吧？”

唐青枝微微一笑，撩起胸前长发别到耳后：“没事。”

两人说话间，男人爬起来惊慌失措地跑了。

唐青枝看着面前的人，皱了皱眉，觉得他有一点眼熟，像是很久以前在哪里见过。

“你？”

几分钟后，宋亦然手机振了振。

她放下筷子点开微信，收到来自江迟的588块钱转账。

宋亦然一抬头，发现唐青枝跟裴一允说说笑笑地走了进来。

所以，这短短几分钟里，是发生了什么她不知道的事吗？

唐青枝坐回她身边，压低了声音问她：“你有没有什么时候会觉得世界很小？”

宋亦然很有感悟地道：“自从遇到江迟，我什么时候都觉得世界很小。”

唐青枝悠悠叹了口气：“这个裴一允竟然说是我大学同学，我以前怎么从来没见过他呢？”

她大学时因为长得漂亮被捧得很高，身边全是来自各个院系的追求者，平时又因为要直播也很少参加班上的活动，所以毕业后，她除了认识同宿舍的几个人，对班上其他人根本没什么印象。没想到在这里，居然还能碰到以前的同学。

宋亦然嗅了嗅，嗅到她衣服上不太好闻的烟味：“刚才发生什么了？”

唐青枝摆摆手，满脸都写着“晦气”两个字：“碰到了一个大傻子。”

听她短短几句就把刚才发生的事情说了一遍，宋亦然吁了口气。

她不是觉得唐青枝幸运，而是感慨那男人运气好。

别人不知道，她可是十分清楚，唐青枝学过好几年泰拳。

05

今天风有点大，天空阴沉逼仄，大朵大朵的乌云笼罩在头顶。

宋亦然开着车，长指有一下没一下地敲击着方向盘，等红灯过去。

一般情况下，她双目放空就表明她正在沉思。

两个小时前——

“阿璟？”宋亦然脱掉围裙，喊江璟吃饭。

没办法，今天江迟不在家。

几分钟过去，毫无回应。

宋亦然擦干手往楼上走，她没有随意在人家家里乱逛的习惯，实在是今天管家也不在，她只好亲自上阵。

江璟房间门关着，她敲了一会儿，发觉旁边的书房门窗大敞。江璟站在窗前，身侧的白色纱帘被风吹得摇摆不定。

他手里拿着一个金色的奖杯，低头不知道在想些什么，有些入神。

宋亦然随意瞥了几眼，才发觉这间书房里有个架子上摆满了奖杯，金灿灿的。不止有奖杯，还有各种摊开了的证书，看得人眼花。

哪个大神这么有能耐？宋亦然眼睛近视度数不高，看清了最靠近自己的那本证书上的名字。

听到动静，江璟偏了偏头：“宋姐姐，可以吃饭了吗？”

宋亦然收回视线，走过去把窗子关上：“嗯。一会儿可能要下雨。”

江璟把奖杯放回到了架子上。

宋亦然关好窗回头，刚好看见奖杯的底部刻着两个字——江迟。

敢情这些东西都是江迟的？真是看不出来。

两人一起走下楼梯，江璟突然定住：“宋姐姐，学校下午有个家长会，我想请你帮个忙。”

宋亦然一头雾水："为什么？江迟呢？"

江璟看着她，声音微低："哥哥在餐厅有事。"

宋亦然拍了拍他肩膀，少年比她还要高一点，轮廓跟他哥哥有点相像，她说："好吧，但是我有个条件。"

江璟看向她，眼里有丝波动。

宋亦然推着他往楼下走："我要你一会儿吃两碗饭。"

埃斯顿贵族学院教师办公室，宋亦然"又双叒叕"跟江迟打了个照面。

有时候连她也怀疑，他们俩上辈子是不是冤家？

江迟正跟一个漂亮女人说话，看到她也是一愣。

"你怎么在这儿？"

"你怎么在这儿？"

两道声音同时响起。

江迟是回家路上收到徐老师发来的消息半道赶过来的，才到没一会儿。

两人相顾无言。

几分钟后，徐老师搬来两张座椅："家长会是教导主任在开，我刚好找江先生谈事情，他没去教室就直接过来了。这位是江璟的嫂嫂吧？也请坐。"

宋亦然连忙澄清："不，不是，我不是他嫂嫂！"

看她急切的样子，好像他是什么洪水猛兽一样。江迟面部表情不是那么好看了："谁会跟她这种毫无优点的女人在一起？"

宋亦然扭头："那太好了，我也不太想跟你这种龟毛的男人在一起！"

办公室里有好几个老师看了过来，几秒后心照不宣地全都露出"我懂"的表情。

江迟岔开话题："阿璟这些天有没有什么异常？"

提到正事，宋亦然打起十二分的精神。

参加完家长会，她特意来找徐老师，就是为了了解这个。

"没有，还是和平常一样，不合群。但他自律性非常强，竞赛时间越来越近，最近他花在看书做题上的时间也更多了，却也没有因此落下其他课程。上周的测试卷我看过了，成绩保持得很好。"

"那就好。"江迟松了口气。

走出校门，宋亦然想了又想，还是忍不住，道："江迟，你有没有觉得，阿璟会这样不是因为学习方面的原因？"

"那是因为什么？"

"因为家庭。"

"什么意思？"

宋亦然回想起中午的事情："开家长会的时候，我注意过，来的都是学生的爸妈。之前我问过阿璟，他从小是由管家带大的，你们的父母长居国外，你也是近几年才回来，他……怎么说呢？他很缺爱。"

江迟心里一动。

宋亦然接着说下去："徐老师也说过他不合群，这可能是性格原因，但是造成他这种性格的原因，是不是因为身边没有亲人陪伴？他很孤僻，不对，应该说他很孤独。"

裴一允上回说过江璟压力的来源，可他漏了一个最重要的因素——家庭。

江迟："他会食欲不振也是因为这个？"

"这可能是其中一个原因。"

"那还因为什么？"

"因为你。"

06

雨越下越大，地面罩着一层朦胧的水汽。

花园里的青草地上被雨水浸湿，翠色尽显，石板路蜿蜒在中央。

江迟熄火下车，快步跑进几步远的凉亭。

这个凉亭平时没什么人去，没想到今天派上了用场。

正想给江璟打个电话，他看到座椅上安静地躺着一把黑伞。

想到了什么，他笑了笑，撑开伞。

"因为我？"

"对，我中午去喊阿璟吃饭，发现他手里拿着你的奖杯。之前我见过他对着客厅墙面上的照片发呆，我今天仔细看了一下，墙上那些照片，全是你获奖时候的留影。”

“这又说明什么？”

“说明你很优秀，而他想跟你一样优秀。阿璟还小，国际奥数竞赛就是他的第一个开始，我查过，美国办的这个比赛，最后三名优胜者能拿到奖杯和证书。不知道你有没有注意到，阿璟手里的习题书，已经换了三轮了。

“你不是说过他不愿意接受心理医生的治疗吗？他会不会是不想让你知道他是因为家里的原因、因为你的原因，成为这样的？”

“……”

江璟坐在客厅的沙发上埋头在算题，笔尖不停，纸上全是黑色字迹，像是遇到了什么难解的步骤，他反复计算着，手里又换了一张新的草稿纸。

答案再一次错误，江迟皱了皱眉，伸手，指尖停在纸上其中一个步骤上："这里，你再重新算一遍。"

江璟重新算了一次，答案终于在合理范围内，他舒了口气，同时又有些懊恼。

他放下笔，看了眼身边衣服有些潮湿的江迟，又看了眼外面倾盆的大雨，欲言又止。

江迟拿了条一次性毛巾擦头发："伞我看到了，谢谢你。"

江璟扭头看了眼门外，大理石走廊上摆着一把撑开了的黑伞，伞面的雨水正顺着伞骨往下淌。

看他这样，江迟忍不住嘴角勾起一个弧度。

他没淋多少雨，头发擦得差不多后，他说："你快要去国外参加竞赛了，爸妈订了明天的机票要飞回来。"

江璟握着笔的手顿了顿，脸上控制不住地露出一丝欢欣："他们要回来？"

听他语调上扬，江迟失笑，觉得自己给爸妈打的那通电话真是打对了："嗯，现在应该在收拾东西，估计会回来待一阵子。"

当晚，江璟难得地多吃了一碗饭。

江迟有了空闲，坐在床上靠着枕头，拿出手机打开了微博。

他刚登录进去就看到无数条@消息和新增粉丝提醒，还有数不清的粉丝私信，显示未读消息的红色标记看得人眼花。

私信里都在问他为什么一直不开播？江迟看着自己最近的一条微博，时间是5月初，他已经快一个月没有直播了。

还有的问他不开播是不是忙着在跟宋亦然谈恋爱？

他怎么会跟宋亦然谈恋爱？

一想到宋亦然，江迟刷新了一下首页。他微博只关注了她，这么一刷新，首页全是她的消息。她倒是每天更博、回复得也很勤，粉丝都在调侃她，说她活跃得像个高仿。

江迟看着看着，忍不住笑了。

——然然，我不想养猫养狗了，只想养你。

——哇，好幸运，为什么呢？

——因为养猪能致富。

——立刻滚。

是她跟粉丝的聊天记录。

虽然看不到她回复这名粉丝时候的样子，但他想，宋亦然心里一定在，骂娘。

骂完娘的宋亦然关掉手机，默默地为刚才那名粉丝默哀了一下——

年纪轻轻的，眼睛就不好了。

说她是猪？有她这么美的猪吗？

就在这时，刚刚黑屏的手机进了个电话。

宋亦然接起："妈？"

郭女士在另一头十分激动："你粉丝说的是真的吗？"

宋亦然一头雾水："我粉丝说了那么多，你问的是哪句？"

"你跟那个江迟，真的在一起了？"

宋亦然愣了一下。她跟江迟有不少CP粉，平时她发微博，底下总会有一半以上的人问他们俩的事情，因为对他们也没什么影响，所以她一直没在意。谁知道郭女士居然那么时髦，连微博都有，还特意关注她了啊？

电话那头郭女士的声音听起来很急切："装什么哑巴呢？说话！"

"我没装哑巴，"宋亦然十分无奈，"现在的人就喜欢意淫和自嗨，我跟江迟就是普通朋友。”

“哦，你跟江迟一起挽手走红毯，你送他牛排，他为你开会员，你去他家做饭，他来你家救人，所有人都在写你们俩的小段子，但你说你们只是普通朋友？”

她开的免提，郭女士的声音很大，唐青枝刚好在客厅接水，听到这话笑得直不起腰。

宋亦然瘫在沙发上：“妈，我知道这听起来匪夷所思，但是我们真的没别的关系啊！”

郭女士怒道：“装，你就接着装。”

直到电话挂断，宋亦然都还瘫在原地。

唐青枝看不过去，给她捎过来一杯水。

“说实话，我也觉得你们俩看起来真不像普通朋友。”

“……你从哪儿看出来的？”

“女人的眼光总是犀利而又准确的。”

07

宋亦然爬起来时，听到门外窸窸窣窣的动静，忍不住揉了揉眼睛。

她今天起得早，窗外阳光还很温和。

唐青枝已经收了一摞快递，正坐在客厅的地板上拆包装。

宋亦然摸去卫生间洗漱，捧了把水洗脸：“你说你粉丝要是看到你这副蓬头垢面、不修边幅拆快递的样子，会不会脱粉？”

唐青枝拿着条裙子站起身比画：“女人嘛，买买买是天性。”

话倒是没说错。

宋亦然换好衣服，在客厅里涂防晒霜。

“这么早出门？”

宋亦然把所有露在外面的皮肤都涂上了防晒霜：“昨天我的粉丝跟我说城北那块有个很好吃的饺子店，要我去试试，今天刚好早起了，赶过去吃早餐。”

“为了一顿饭，跑到城北去，值得吗？”

“你懂什么？现在吃饭就是我的事业，为了事业跑一趟，有什么不可以？”宋亦然潇洒地朝她摆了两下手。她今天穿了条小裙子，嫩黄嫩黄的，皮肤白嫩得像能掐出水，长发飞舞，悠悠然的样子。

唐青枝看着，想起了树枝上漂亮的玉兰花。

城北的唐记饺子铺在这块地方很有名，一到饭点就人满为患，她去得早才抢到了最后一个空位。

宋亦然摸出手机架好，戴上耳机，打开直播。

[然然，今天这么早？]

[妈耶，我还没起床。]

[催吐汪还有脸直播？]

“今天播个早餐，中午就不播了。”宋亦然随口点了二十笼饺子，饺子上得很快，摆了满满一桌，还冒着热气，她数了数说，“这家店的饺子一份有十五个，二十笼就是三百个，够吃一顿了。”

[本来不想吃早餐的我，忍不住买了一份蒸饺……]

[一顿？然然，我读书少你别骗我。]

“这家店的饺子肉馅放得很足，每一个肚子都鼓鼓的，好像要把饺子皮撑破。价格不贵，味道也很好，肉很鲜，建议品尝。”

她这边一口一个吃得正欢，店里的所有人都投来目光。

宋亦然一笼下肚，没人在意，吃到第五笼，所有人都露出复杂的表情。

[哈哈哈，看到店里其他人的表情了吗？我要笑死！]

[恶心，催吐狗又来博关注了，请各位移驾隔壁……]

宋亦然吞下一个饺子，盯着某个ID看了眼：“这位黑子，我认识你，你就是那个老拿我跟vivian比较的人吧？说真的，其实你是vivian的黑粉吧？不然怎么老给她招骂？她上回还跟我说，每逢她开播就会有我的粉丝喷她，烦都烦死了，这都是你的功劳啊。”

她说完后，接下来一段时间里，屏幕上就再也没见过这个ID。

可以，很聪明。

当宋亦然吃完第十五笼饺子时，终于有人看不过去了。一位打扮得很优雅的中年女人走了过来，她脸上满是担忧之色：“小姑娘，你是不是失恋了心情不好？”

宋亦然愣了几秒，她还没遇到过这种情况：“没有啊。”

眼前的人一身淡蓝色真丝旗袍，旗袍上用金银丝线绣着一朵又一朵的桃花，看着就知道价格不菲。她脖子上挂着一串浅粉色珍珠项链，皮肤白皙，气质沉稳，眼角有几道不太深的皱纹，看起来和郭女士年纪相近，俨然是位生活精致的贵妇。

“年轻人，我懂的。”黎颖拍拍她的肩，安慰地道，“我也曾经为了一个男人暴饮暴食，后来就把肠胃吃坏了，后悔也来不及。”

宋亦然有点招架不住她的热情，诚惶诚恐道：“我不是，我没有……”

“这样吧，我们经历很相似，你把你的微信给我，我跟你聊聊。年纪轻轻的有什么坎儿是过不去的呢，你不能因为这个弄垮身体，知道吗？”

宋亦然一脸为难，有点无力：“不用了吧？我只是多吃了点东西而已……”她实在消受不起啊。

黎颖根本不为所动：“你的父母知道你这样做吗？”

电光石火之间，宋亦然想起了一件事。

一般遇到主动加微信的人，而且还是女人，那证明——她是微商。

这么一想，宋亦然释怀了，回家后再删除就好。

两人交换微信后，黎颖满意了，回到了自己的座位，顺便还欣慰地看了她一眼。

她坐在宋亦然身后，桌边还有个慈眉善目的男人，两人很亲密，他们脚下还放了两个小行李箱，情侣款，看样子是夫妻。

摄像头把身后两人的动静也拍了进去，宋亦然调整了下方向，让摄像头只对着自己，结果就看到清一色“哈哈哈”的弹幕。

不用说，刚才所有的事情都被粉丝看到了。

[我猜那位阿姨是想给然然介绍男朋友。]

[没人觉得那对夫妻颜值很高吗？]

宋亦然的饺子反正是吃不下去了，身后两道视线紧盯着她，让她头皮发麻。

简单地做了个结尾，宋亦然拎着包快速溜走。

“你干什么呢？”江河夹起一个饺子蘸好酱料递到身边人的碗里。

“人家小姑娘万一真的一时想不开吃得太多进医院了，怎么办？”黎颖拿着手机开始给宋亦然发消息，边发边说，“现在失恋的女孩子多容易做傻事啊！你看新闻上，三天两头就爆出一个噩耗，我看了痛心。”

江河一头黑线：“我见过跳楼的、上吊的，还没见过会把自己撑死的，你找借口也不找个好点的。说吧，你到底想干什么？”

就知道瞒不过他，黎颖眨眨眼问：“女孩子漂不漂亮？”

江河如实回答：“漂亮。”

“性格怎么样？”

“你这么说她，她也没生气，性格还不错。”

“给咱儿子当媳妇，行不行？”

“……”

08

宋亦然回到家，先洗了个澡换了身衣服。

外面天气太热，她流了一身汗，身上黏糊糊的，非常不舒服。

刚整理好自己，唐青枝就凑了过来。她刚下播，嗓子有点哑：“你今天不去江家？”

宋亦然手里拿着面膜，展开了盖在自己脸上，声音模糊道：“昨天江迟说这段时间不用去了，估计是阿璟恢复食欲了吧。”

过了一会儿，唐青枝突然尖叫起来：“啊啊啊！”

她本来就是唱歌的，嗓音虽然沙哑，但是女高音还是很要命。

宋亦然感觉到洗手池里一汪水在震动，泛着涟漪：“怎么了？”

“然然，江家人颜值都好高啊！”

听到“江家”两个字，宋亦然眉头一跳，不可避免地想到江迟。那个人虽然龟毛了点，长得倒是真的不赖。

她凑过去看了一眼，就一眼，她整个人如同被雷劈中，石化当场。

什么啊？那对夫妻，怎么会出现在江迟的直播里啊？

江迟这段时间收到了太多私信，刚好今天有空，就打算直播做一桌西餐，没承想直播到一半，他家爸妈就到了。

黎颖很久没见到两个儿子，拎着箱子就到了厨房，喊了一声：

“儿子！”她声音高亢，语调激昂有力，跟身上那套优雅的旗袍有些不搭。

江迟切菜差点切到手。

“阿璟呢？你弟弟呢？”黎颖四处看看。

“爸，妈。”江璟从楼上下来，接过两人的行李。

江河看着眼前如松如竹的挺拔少年，感叹一声：“阿璟都快有我高了。”

江璟抓着行李箱拉杆的手紧了紧，他神色波澜不惊，嘴角却是扬着的。

这一家人同时出现在直播画面里，粉丝全都炸了！

[我没看错吧？]

[我没看错吧 +1。]

[+10086。]

[+身份证号。]

[楼上的啥意思？]

[妈妈，我恋爱了，我喜欢上迟迟的弟弟了，跪求弟弟名字！]

[这对夫妻，不是然然早上在饺子馆遇到的那一对吗？]

[还有这种操作？]

[这两人如果不在一起，我觉得天理难容。]

他们的弹幕刷得飞快，当事人却没时间去看。

黎颖凑近江迟："阿迟，我今天遇到了一个长得挺漂亮的女孩子，你懂我意思吧？"

江迟手起刀落，将带鱼切段："我不懂。"

"我已经拿到了她的微信，怎么样，有兴趣吗？"

"……"

相比起他的冷静，粉丝们纷纷激动得坐不住，爆炸般发射出成千上万条弹幕。

[有兴趣有兴趣啊！对象是然然啊！]

[世界真是太小了啊，四舍五入你们就算是见过父母结过婚了！]

[楼上思想很危险啊，不过我喜欢。]

[好想看看迟迟发现是然然微信的表情啊，肯定特别震惊！]

[冷静点吧，哪有这么巧的事？都是演员。]

[提着行李箱又出现在城北，明显刚下飞机啊！剧情可以演，他们的表情不像是演的吧？]

[也就糊弄你们这些脑残粉。]

吃完饭，江迟刷了刷手机，这一刷，他就发现自己涨了十来万粉丝。

只是一个直播而已，没必要吧？

江迟随意翻了翻，发现有条奇怪的消息占据了热搜榜首——

送客 CP 不在一起，我直播吃屎

没记错的话，“送客”是他和宋亦然的 CP 名称吧？

江迟点了进去，看到网友截出来的图片以及宋亦然的直播回放之后，陷入了沉思。

世界上怎么会有这么巧的事情？

微博上现在全是节奏帖，不少粉丝整理了他和宋亦然从一起出现在观众视野里开始，到现在的所有资料，打算细数他们相遇相知相爱的过程，然后做成视频发到网上。

喂，知不知道你们的想法很危险啊？

宋亦然睡前收到了江迟的消息。

江迟：……

她抱着同样无法言喻的心情回复。

宋亦然：……

一通让人无语的沟通过后，无果。

09

微博热度过去后，宋亦然每次发微博，都能收到这样的评论——

今天宋亦然和江迟在一起了吗？

因为在饺子店偶遇江迟父母这件事，宋亦然狠狠地涨了一拨粉，这群人都想看他们的后续发展，但是，哪有什么后续啊？

宋亦然咬了咬指甲盖，烦躁地抓了两把头发，本来就乱糟糟的头发更乱了。

唐青枝四仰八叉地躺在她身边，两人共同枕着她床上的那只大兔子玩偶："我说，我也觉得你们有缘分，要不你们凑合凑合在一起得了？"

宋亦然立即严肃起来："唐青枝同学，你这样的思想要不得。"

唐青枝抱着手机敲字："OK，反正我脱单了，你随意。"

宋亦然扭过头，问道："跟谁？裴一允？"

唐青枝抿嘴一笑，目光放得远了一点："你记得我贡献榜第一的那个大佬吗？从我大学开直播到现在，他一直都在榜上，我也是最近跟裴一允聊天，才知道他就是那个大佬。当然，我不是觉得他有钱，而是觉得要找到一个能一直陪在我身边的人，真的很难。"

宋亦然十分有感触，然后问："所以，这就是你背叛我的理由？"

"滚！"唐青枝笑骂道，顺便搡了她一下。

就在这时，唐青枝微信响了。她解锁看了一眼，立即从床上弹了起来，着急忙慌道："我不跟你说了，我要去约会了。"

几分钟后，房门被"砰"地关上。

被剩下的宋亦然很无聊，非常无聊。

无聊的宋亦然打开手机，刚好收到一条消息——

苏澄：用户苏澄给您分享了一条贴吧链接：# 来自送客 CP 的纯种狗粮，真爱粉必嗑！ #

她看到标题，忍不住抽了抽嘴角，点进去。

[1701 楼]：那是一个阳光和煦的下午，宋亦然走在街上，不小心被人绊了一下，眼看着要摔倒了，突然，一只手拉住了她。男人一个用力，将人拉回了自己胸膛。宋亦然抬起头，怔怔地看着面前英俊不凡的男人，唇瓣一张一合吐出两个字："江迟？"

[1702 楼]：接楼上。江迟淡淡地"嗯"了一声，低头去检查依偎在胸膛处不到他下巴的小女人，他眼里流露出心疼，温柔地问："有没有哪里受伤了？"

[1703 楼]：……

再往下刷，帖子画风就歪了，从杜撰的衍生小段子直接演变成了小黄文。

宋亦然看得眼皮直跳，她真想给这些人鼓鼓掌，然后再剖开他们的脑袋看看里面装的都是什么东西！

作为一个知名主播，宋亦然头一次感受到了来自这个职业的压力。

再也看不下去，宋亦然长按这条消息，正想删除，谁知一个手滑，直接点了分享。这还不算最糟糕的，糟糕的是她分享给了关注列表里的第一位——江迟。

宋亦然深吸一口气，还没超过两分钟，她立即点撤回，结果手一抖，删除了。

这下真完了。她一头埋进被子里，面如死灰。

死了算了！江迟会不会觉得她很奇怪啊？

过了一会儿，手机响了，不是微信，是电话。

宋亦然看了眼来电显示，望天："江迟……"

这还是两人认识以来，打的第一通电话。

他假若要问为什么给他分享那个刷两人小段子的帖子的话，她该怎么解释？手滑了？不不不，这也太巧合了吧？要不就……装作严厉地教育粉丝？

宋亦然脑子里思绪纷杂，江迟开口了："你明天有没有时间？"

"啊？"还要当面讨论这种事吗？

"我爸妈想见你。"

盯着江家大门，宋亦然心底没谱。

她觉得自己脑子应该是被门挤了，不然怎么就来了呢？

"你来了。"江迟走出来，他身后有人偷偷摸摸地看过来。

江迟低了低身体，用只有两人能听见的声音说："一会儿演得像一点。"

宋亦然龇了龇牙："算老娘上辈子欠你的。"

时间回到一天前。

"你爸妈见我干什么？"

"我妈发现我早就有你微信了，又看到了微博上的东西，偏不信我们没关系，我根本解释不清。她让我带你回家吃饭，没给我拒绝的机会。"

"所以呢？要我假装你女朋友？"

“聪明。”

“哦，不干。”

“算我求你。”

都用上“求”字了……

宋亦然捶了下墙，内心激烈地挣扎了一下：“就一次。”

谁让她是人美心善的小仙女呢？

“然然来了，又见面了呢！”黎颖亲切地拉过她的手攥着，“我们还真是有缘分。”

那一天的无力感再一次涌上心头，宋亦然扯出一抹微笑，乖巧道：“阿姨好，叔叔好。”

黎颖十分温和地说：“怎么这么见外呢？我听说阿璟这段时间胃口不好都是你调理的，真要好好谢谢你，你就把这儿当作自己的家。”

宋亦然摆手：“真没事，不用客气。”毕竟江璟给她打赏了不少礼物。

黎颖对她的拘谨毫不在意，依旧热情似火：“你要吃什么，今天江迟亲自下厨给你做。”

宋亦然连连点头：“随便什么都行，我不挑。”

楼梯转角处传来一个声音：“宋姐姐不喜欢吃西餐。”

宋亦然把自己的手抽回来：“要不我跟江迟一起去厨房吧，给他打打下手什么的。”她疯狂给江迟使眼色。

江迟立即接收信号："对，我不太会做家常菜，让她跟我一起吧。"

黎颖一想，这是个可以交流感情的机会，呵呵笑道："去吧。"

两人忙不迭扎进了厨房。

黎颖嘴角抿着笑，用胳膊肘碰了碰江河："这儿媳妇怎么样？"

江河也在笑："我挺喜欢的，看样子咱家的人都挺喜欢她的。"

10

胡萝卜切丝、土豆蒸熟碾成泥、鲜肉剁成末，三种食材混合揉成团，裹上淀粉定型，下油锅炸两分钟左右，出锅。

锅内加入豆瓣酱、干辣椒段、葱姜蒜、香料、半锅水，下入丸子，开大火。

宋亦然盯着江迟，他的衣袖挽上一半，手臂上有凸显的经脉，莫名有些性感。白色厨师服穿在身上，再配上一脸认真的表情，还真有那么点顶级大厨的意思。

"你中餐也拿手？"宋亦然看得久了，忍不住问。

"刚学的。"他手机上还开着食谱页面。

"看不出来嘛。"

厨房窗口洒进落日余晖，将这片地方染得一片金黄。江迟沐在金光里，抿唇认真处理手里的食材，原本硬朗的侧脸轮廓都温和了许多。

宋亦然看得眼睛有点酸涩，这几秒，她突然发现了江迟的帅。难怪他的粉丝总嚷着“迟迟我要给你生猴子”，这么看来也不是没有道理。

“生抽给我。”江迟人没回头，只向后伸了只手，大掌摊开，能看清掌心上布满的纹路。

“哦。”宋亦然把东西放他手里。

他握紧，手掌擦过了她的手，温热的感觉，还有没来得及擦干的湿润触感。

宋亦然的心跳突然就漏了两拍。

这样不行，宋亦然捂了捂脸，逃也似的离开了厨房。

门前的花园里，江璟坐在绿色草地上，在看日落。

宋亦然走过去，坐在他身边，少年的侧脸帅气又美好：“少年，想什么呢？”

江璟侧了侧头，忽然眼睛弯了一下，刺目的光芒在他眼里闪烁，只一瞬又恢复成了平时淡漠的样子。

“宋姐姐你知道吗，我很想变得跟哥哥一样。”他盯着天边快要落下的太阳，橘黄色的光芒笼罩在他们身上，“我也想像他一样优秀，不给爸妈丢脸。”

“嗯，我知道。”宋亦然拍了拍他肩膀，表示理解。

头顶上有个那么厉害的哥哥，他压力不大才奇怪呢。

“阿璟，竞赛要加油。”

半个小时后，江家准时开饭。

头顶水晶灯洒下温暖的光芒，饭桌上的气氛有点奇怪。

宋亦然还是第一次和完全陌生的长辈同桌，说起来怎么都有点不好意思，于是今天她难得地没有说话，安安分分地吃着饭。

碗里突然多出一个丸子，江迟道："多吃点，这么吃你能吃饱吗？"

想想宋亦然那个一次能吃十斤龙虾的胃，江迟有点发愁。

宋亦然恶狠狠地盯着他，尽量压低嗓门："你吃饭不是不说话吗？好不容易说一次不能挑点好听的说？"

"我是看你今天吃得很矜持，这不像你。"

宋亦然一个没忍住，爆了句粗口。

全桌人都把视线落在她身上。

"日……落西山红霞飞，战士打靶把营归……"

江迟冲她比了个大拇指。

骚不过骚不过，根本骚不过。

宋亦然十分尴尬地红了脸，右手在桌下狠狠拧了一把江迟的大腿。

江迟突然痛呼了一声，再次吸引了全桌人的注意。

他干笑了一下："这个牛肉，挺好吃的……"

"宋亦然，你搞谋杀吗？"

"你怎么不想想你是怎么对我的？"

两人小动作和口头伤害不停，黎颖看得想笑。

江河突然问："然然啊，你觉得江迟这人怎么样？"

宋亦然反应慢了一拍："挺好的，除了吃饭要求太多。"

黎颖迅速接腔："他就是这样，以前跟我们在国外的时候，一天中只有晚餐能在一起吃，偏偏他吃饭像个哑巴一样，非常无趣，一点也没有家的温暖。不过现在好多了，肯在吃饭的时候说话了，这都是你的功劳。"

宋亦然抽了抽嘴角，不敢当不敢当。

江迟哼了一声："这就是近墨者黑。"

"你这人确实挺没意思的。"宋亦然说着，拿了只螃蟹过来。

"等等，你干什么？你吃螃蟹不用蟹八件吗？"江迟不可思议道。

宋亦然吃东西没那么多讲究，况且桌上也没人吃蟹用蟹八件，她用蟹八件反倒显得奇怪："你没听说过吗？最好的工具是双手。"

独自沉默了一会儿，江迟抚了抚眉心："我这儿有部美国片《Omega's restaurant》，一会儿发你学习。"

宋亦然拿眼瞥他："国产纪录大片《舌尖上的中国》了解一下？"

他们窃窃私语，桌上的其他人都憋着笑，连身侧站着的管家也有些忍俊不禁。

吃完饭，宋亦然又被黎颖拉去扯家常，两个女人看完了一部长达两个小时的电影。

好不容易拖到晚上九点，宋亦然身心俱疲。

江迟车开得很稳，几乎感觉不到颠簸，宋亦然脑袋靠着窗户，世界在她眼底倒退。

她瓮声瓮气："我以后再也不干这种缺德事了。"

"这次算我的。"江迟看她露出的手臂上爬满了鸡皮疙瘩，随手把车内空调调高了几度。

"江迟。"宋亦然喊他。

"嗯？"

"你要记得点妈妈的好，将来要报答的。"

"……"

话落，宋亦然微信响了。

黎阿姨：然然，回家路上注意安全。

做戏做全套，宋亦然一秒变乖巧。

然然胃口小：好的，阿姨。

黎阿姨：明天有空吗？跟阿姨一起去逛街？

然然胃口小：不好意思啊，阿姨，我明天要去一趟台湾。

黎阿姨：没事，没事，工作重要。

打听到了她的行程，黎颖深思了一会儿，然后打开了江迟之前发给她的行程表。

她记得江迟下周要去台湾谈一个合作项目……

如果是为了儿媳妇的话，他应该不会介意提前一点去吧？

11

宋亦然想起苏澄前几天交给自己的任务，于是认命地在斗猫上发了个消息：明天要去台湾，有要来偶遇的吗？

评论区里一片欢呼。

不少去过台湾的网友纷纷留言——竹筒饭、腊肉火烧、乳酥包、蟹肉煲等，推荐的美食令人眼花缭乱。

台湾是中国的一个岛屿，四面环海，风景很漂亮，夏天也比较凉快，近年来发展成了避暑胜地，不少人会在这个季节去旅游。当地美食也很有特色，因为大多数台湾人是少数民族，都有一套做美食的独特方法，所以光是美食街就有好几条。

宋亦然一边翻评论一边做笔记，翻到一半，她发现有一条十分熟悉的留言在以肉眼可见的速度被顶上第一。

——例行一问，今天宋亦然和江迟在一起了吗？

并没有！

网上一直都存在着关于两人关系的猜测，但是猜测就是猜测，当事人没有发声，谁也不知道究竟是真是假，只好用这种方式希望她能看见。

就在宋亦然想到江迟的时候，黎颖的消息就来了。

黎阿姨：然然，明天几点的票？阿迟去那边谈合同，我让他跟你一起去，也好有个照应。

然然胃口小：啊……这不用了吧？

黎阿姨：什么不用？你一个女孩子我不放心，能一起去就一起去。还是说他做了什么对不起你的事，让你生气了？

黎颖脑洞实在有点大，宋亦然一时竟有些跟不上她的节奏。想了想，她现在是假扮江迟的女友，跟男友一起出行什么的不是很正常吗？

然然胃口小：好吧，我九点的机票。

说完，宋亦然把聊天记录发给了江迟，又截了个航班时间的图。

江迟回得很快：知道了。

这次活动是斗猫出资，机票苏澄一早就给她买好了。

宋亦然起早了一个小时，换好裙子穿上防晒衫，化了个清新的夏日妆。

唐青枝起来时，宋亦然已经整理妥当了。她揉了揉眼睛："然然，你不会真喜欢上江迟了吧？"

宋亦然正转着圈看全身镜里的自己，闻言回头："什么意思？"

"难道你不是因为要见江迟才打扮得这么漂亮？"

宋亦然心里一动，嘴硬道："谁说我是因为他？我是怕遇到我的粉丝。"怕唐青枝再发问，她岔开话题，"还有啊，我什么时候打扮得很随意过吗？"

唐青枝看破不说破，耸了耸肩："你记得答应我的事啊。"

"放心吧，"宋亦然圈着唐青枝的肩膀，信誓旦旦道："我票都买好了，到时候拍完视频直接飞去巴沙岛找你。"

"OK。"

宋亦然赶到机场时，江迟已经等了有一会儿了。他身形高挑，两腿笔直，就那么懒散地靠着墙，比身边人高出一截，十分显眼。

江迟今天穿了件烟灰色T恤，居然还戴了副墨镜，她走近一点站到他面前，面色复杂："你还有包袱了？"

男人摘掉墨镜收起来："我是在休息，戴着墨镜闭眼的话别人看不出来。"

宋亦然默默往后退了一步："原来你是这样的江迟。"

江迟拎着脚边的小箱子，又从她手里拿过了她的行李箱，一手一个，自然而然道："走吧。"

宋亦然一身轻，反而有点不适应，亦步亦趋地跟着他走了。

身后，快门声一阵接一阵。

宋亦然有个一上飞机就睡觉的毛病，跟江迟刚好相反，江迟在飞机上基本睡不着。两人的机票不是一起买的，位置不在一起，江迟回头看了一眼，宋亦然脑袋一点一点地往旁边倒。她身边坐着个男人，还差一点就要倒在他肩膀上了。

江迟蹙眉，起身跟男人换了个座位。宋亦然脑袋彻底一沉，砸在了他左肩上。

有地方可以靠了，宋亦然满足地蹭了蹭，咂咂嘴，想起自己床上那只兔子玩偶，双臂一伸，把玩偶抱在怀里。

江迟浑身一僵，大脑有片刻当机。

过了一会儿，他敛下眉睫，腰间环着一双纤细白嫩的手。

"宋亦然？"

第五章

吃饭要适量，爱你要尽早

01

飞机降落的前十分钟，宋亦然准时醒了过来。

她先是收回手揉了下自己的眼睛，揉着揉着发现不对劲，她……刚才是抱着别人睡着了？

余光中，身边的男人抬起手，揉了揉自己酸胀的肩膀。

宋亦然脸上一阵红，刚想跟人道歉，耳边落下无比熟悉的声音，温热的呼吸喷洒在她头顶上，烧得她整个人都沸腾了起来。

“宋亦然，给我揉揉肩。”

“……江迟？”

她猛然抬头，撞进一双幽深的眼里，四目相对。

莱城到台湾坐飞机也需要三个小时，江迟现在肩膀很酸：“还愣着干什么？”

宋亦然视线快速扫过江迟之前的座位，原本坐在自己身边的男人正靠在那儿睡得不省人事。她脑子转得飞快，不一会儿，脸慢慢红了。

“你怎么跟人换位置了啊？”宋亦然给他捏肩膀，力道不大不小。郭女士以前教过她按肩的方法，她学得快，有模有样。

江迟舒服得闭了闭眼：“我倒是不想换，要不是怕你被人占了便宜，我才懒得过来。”

宋亦然一阵感动。

飞机落地的同时，“送客”CP贴吧里出现了一个帖子。

——如果这都不是爱！［图片］［图片］［图片］

［送客CP一生推］：今天在莱城机场偶遇了然然和迟迟，两人同框真的好甜蜜啊。迟迟帮忙拿行李，然然就跟在他身后玩手机……原本以为这就没了，没想到我居然跟他们是一个航班，他们就坐我附近。一开始他们不是坐一起的，后来然然睡着了，迟迟就跟人换了座位，坐在了她身边，然然于是抱着他睡了啊！看看迟迟这个眼神，看看，温柔得要滴出水了！单身狗表示，狗粮好饱，但是吃得心满意足啊！

后面一堆跟帖。

[画重点：抱着他，睡了。]

[哈哈哈，怎么说得这么色情？！]

[看到两人在一起，我就放心了。]

[老母亲露出了姨母笑。]

[甜了，朕心甚慰……]

台湾的风带着凉意，空气清新，天蓝得没有一丝杂质，路边是各色野花开放，阳光强烈却不灼人，怪不得都说这里适合养老。

宋亦然拎着行李，打算去找苏澄给她订的酒店。

出租车停在面前。

江迟瞥了眼车牌号，记在手机上，又看了看司机的脸，转头对她道："你一个人小心点，事情办完就来找我。"

宋亦然满脸正经地看着他："江迟，你真像我爸，啰唆。"

江迟慈爱地拍拍她脑袋："爸爸先走了。"

"你可要点脸吧。"宋亦然坐进车内，扬长而去。

江迟站在原地，阳光照在身上，后知后觉地抬起手掩在唇边，低低笑了一下。

02

直播很快进入尾声，宋亦然伸了个懒腰，打算做收尾："粉丝们上回推荐给我的东西我都尝试过啦，接下来会请三天假完成一点私事，不要太想我哦！”

弹幕全都在问：是不是结婚？

几百万观看直播的粉丝，想法居然惊人一致。

宋亦然捏了个章鱼小丸子丢进嘴里，台湾的小丸子最正宗：“不是结婚。”

[不是结婚，那就是订婚？]

宋亦然不再回复了，她知道再说下去，这些人又会立马问些其他有的没的。

“好啦，今天就播到这里，大家下周再见。”

关掉直播，宋亦然收好东西，打车回了酒店，整个人四仰八叉地躺在酒店大床上。

乳白色的枕头柔软舒服，靠着好像就能缓解疲劳。

她想了想，还是给江迟发了消息，免得他不好跟黎阿姨交代。

然然胃口小：我明天跟青枝约了要去巴沙岛，黎阿姨那边你看着办。

台湾的晚上，夜风轻柔。

星星挂在暗色天幕上，很亮。

同一个夜空下，另一家酒店内，江迟处理完 Markgot 餐厅新店筹备阶段的烦琐事务，捶了下肩膀，又酸又麻。莫名地，他想起那天宋亦然脑袋靠在他肩膀上，温软的身体贴着他，睡得一点也不设防。如果她身边不是自己，她是不是也会靠过去？

江迟胸口有点闷，怎么会有这么粗心的人？

手机响了一下，是宋亦然的消息，他第一次不知道怎么回。

脑海里组织了一下语言，江迟抬手打字。

江迟：飞机上有小桌板你知道吗？

然然胃口小：知道啊，怎么了？

江迟：等飞机起飞后，你把桌板放下来再睡觉。

然然胃口小：为什么？

江迟：侧着睡，舒服吗？

确实不舒服，侧着睡久了脖子会很酸，而且……宋亦然想起自己靠在江迟身上的那一幕，好像也不太安全。

隐隐约约琢磨出了江迟的真正意思，宋亦然感动极了。

然然胃口小：迟迟，感动哭了，妈妈爱你。

江迟发了条语音让她滚。

台湾到巴沙岛坐飞机需要两个小时，下飞机时，宋亦然腿还软了下，她算是知道为什么唐青枝要把拍摄地点选在这里了。

湿咸的海风扑面而来，入眼是郁郁葱葱的椰林，深棕色的椰子挂在上面，树下有几个小孩穿着蜡染的印花短裤准备爬上去摘椰子。

巴沙岛位置很偏，过来旅游的人不多，越往里走手机信号就越差，网络从 4G 变成 2G，最后变得时有时无。

“然然，这儿。”唐青枝一身清凉着装，坐在一家露天咖啡馆里喝咖啡，大摆的碎花长裙被风吹得扬起，长发飘飘，吸引了不少人的目光。

宋亦然拎着东西走过去，目不斜视：“你谁啊？”

唐青枝像看智障一样看着她：“你没事吧？”

宋亦然：“我不记得我认识仙女啊？”

唐青枝一下没忍住，哈哈笑了起来，冲她竖拇指：“可以，骚不过。”

唐青枝的摄影团队全在，宋亦然朝他们挨个打了招呼，请求他们能把自己拍得漂亮点儿，这群人应得很爽快，宋亦然放下了心。

因为唐青枝的网店要上新一批夏季服装，所以她特地选在巴沙岛取景。网店的衣服都是她自己设计的，前不久推出了十来套闺蜜装的样衣，她好说歹说，才说服宋亦然做模特。

宋亦然是那种虽然纤瘦，大腿却有肉的女生，并不骨感，很健康的美，身材比例也很好，这样的身材简直就是移动的衣架。

休息了一会儿，宋亦然把行李寄存好，跟着唐青枝往海滩走。

碧蓝色的海水翻涌着冲上来，发出“哗啦”的声响，海水漫过脚踝，又迅速退了回去，脚下是湿润沁凉的沙子，触感绵软，舒服得不可思议。

宋亦然想给江迟发条消息，说自己已经到了巴沙岛，但是消息在屏幕上转了好几圈，末尾出现了一个红色感叹号。

没有信号。

算了，宋亦然长叹口气，告诉他好像也没有什么意义。

就在宋亦然手机没有信号的当晚，微博上有人爆出一则消息，如同在烧热的油锅里泼了水，轰地炸开，灼身又灼心。

——揭秘某吃播博主大胃王的秘密，催吐！

03

几乎每个吃播博主的成长路上都会被人怀疑过催吐，这种新闻其实一直存在，只是得不到佐证。当然也有些博主会发澄清声明，但很少会有人信，除非是他的死忠粉。

在普通观众看来，吃播博主一次能吃下那么多东西就已经很不正常了，所以吃完后一定会进行催吐，不然肠胃怎么消化得了呢？所以催吐这类消息一旦传出，就会有不少喷子跟风辱骂主播。其实即使催吐，也是个人的选择，但活跃在网络上的键盘侠可不管，只要逮住机会，就要把人喷死。

美食小当家V：话说小当家昨天因为和朋友一起聚会，一高兴就吃多了烧烤引发肠胃炎进了医院。一进医院可不得了，我看到微博某知名女吃播宋 ×× 正在朋友的陪同下准备挂水。后来我问过她朋友，说是浅表性胆汁反流性胃炎……当然，口说无凭，说不定还会有女主播的脑残粉来撕我，所以我把视频奉上。[视频]

这个美食小当家是个有两百来万粉丝的主讲野外美食烹饪的博主，评论区活跃粉很多，所以视频一经发出，点击量就超过了五万，转发、评论数达到了他以往所有微博的最高量，隐隐还有上涨趋势。

炸掉的不仅有小当家的粉丝，还有看热闹的吃瓜群众，以及宋亦然的庞大的粉丝团——

[某知名女吃播宋 ××，说的就是宋亦然吧？]

[我早说过宋亦然是催吐狗汪汪汪吧？还不信呢。]

[恶心，真是催吐啊，亏我还看了那么久呢……]

[还以为她跟其他人不一样，结果……现实狠狠地给了我一巴掌。]

[哈哈哈，真是催吐，所以不介意我给 vivian 打个广告吧？她上回还说我给 vivian 招黑呢，人品可见一斑。]

[宋亦然的脑残粉快看，求锤得锤了！哈哈哈，笑死我了！真爽！]

[我是新来的，请问是走程序，还是直接骂？]

[不带这么落井下石的吧？不管怎么样，我相信然然，不管然然怎么样，我就是喜欢她！]

[好绝望，看到楼上的话我眼泪掉下来，谢谢你维护然然。]

[来，我给你们科普一下：浅表性胆汁反流性胃炎，长期催吐胆汁反流造成的，胆汁还会腐蚀胃部，严重的话会造成胃溃疡。]

[看然然把你们这群黑子惯的，真当我们粉丝里没有明白人了吗？催吐还会造成嗓子嘶哑和脸肿呢，你看然然哪一点符合了？]

[楼上的悠着点，黑子要喷你了。]

……

按理说这种消息用不了多久就会被人遗忘，但是宋亦然微博上快700万的粉丝，除却一些粉转路再转黑的，其他忠粉战斗力出奇地强。

有人骂，忠粉就撸起袖子撕回去。

通常一条骂宋亦然催吐的评论下，都会有几百条回复。

宋亦然那条请假三天的微博下，几天前刚发的时候还只有五万多回复，视频被爆出后，已经突破了十万回复。

[然然，快出来解释一下，我都要哭了！]

[哟，请假就是去医院了吧？我了解、了解。]

[怎么我觉得视频里的人不是然然？感觉不对。]

[不管怎么说，我还是相信然然，不管她有没有做，我都站在她这边。]

[脑残粉够了吧？视频都出来了，还有什么好争的？]

[从此粉转路人了，拜拜。]

[走就走吧，我们然然也不缺你们这种关键时刻转头就走的粉丝。]

[对，然家粉永远一条心。]

短短几天，“宋亦然催吐”事件在微博上撕得一塌糊涂。

战火却并没有蔓延到千里之外的巴沙岛。

暮色笼罩，波浪阵阵，落日的余晖洒在海面上，像是给这一片洒满了碎金，宁静而祥和。

宋亦然这几天出门甚至连手机都懒得带，反正带了也没用。

拍完最后一组服装，宋亦然跟唐青枝躺在沙滩上，半个身体都没在水里，畅意又舒心。

唐青枝把手机高高举起，找信号。

迎着光，宋亦然微微眯了下眼睛，笑道："又跟你家裴一允腻歪呢？"

唐青枝泄气地收起手机："我倒是想呢，这几天想在微博发个上新预告都发不了。"

宋亦然从沙滩上爬起来，吹了一会儿海风。

不知道为什么，她从来的那天当晚就心慌慌的，右眼皮一直跳个不停。

04

莱城这几天天气阴晴不定，上午还是烈日当空，下午就成了阴阴沉沉、山雨欲来的样子。很快，豆大的雨滴砸了下来。

唐青枝的摄影团队还留在巴沙岛游玩，这次就她们两个回来了："然然，你先回去吧。"

她抓着手机，拎着小行李箱，露出一个微妙的笑容。

宋亦然懂了："嗯，晚上给你留门。"

唐青枝嘻嘻一笑："然然，我爱你。"

宋亦然摆摆手："你现在爱的不是我。"

唐青枝眼睛骨碌碌地转："所以我觉得你跟江迟可以试试。"

提到江迟，宋亦然才想起好像很久没有江迟的消息了。

几天不见，还怪想念的。

她的样子让唐青枝忍不住捂嘴："然然，你变了，你居然不反驳我了。"

宋亦然这才反应过来，耳朵有些热，连忙推着她往前走："快走吧你，裴一允等着你呢。"

唐青枝一走，宋亦然就摸出手机开机，准备出去叫车。

外面雨声很大，好像四面八方都在制造沉重的噪音。

到处都泛着潮意，宋亦然手心有黏腻的感觉。

她刚开机，一通电话就打了进来。

"你在哪儿？"

"江迟？我在机场门口，怎么了？"

听她语气没有异常，江迟松了口气："你等着，我在附近。"

他方向盘一转，想了想，又说："别刷手机。"

宋亦然刚想开微博，闻言微微皱眉："为什么？"

江迟似乎笑了一下，声音有点低："下雨天，怕你被雷劈。"

微博上的事情太糟心，她又才刚回来，估计还没做好准备。

宋亦然微笑道："滚吧，我没有你这种儿子。"

夏天的雨没有持续太长时间，现在已经隐隐有了要停的迹象。

宋亦然找了个干净的角落，坐在行李箱上，靠着墙。

手机自从有了信号，手机就开始一刻不停地振动，不断收到微信消息。

不知道谁又给她发了消息。她刚想打开微信准备消磨一下时间，突然一道阴影出现在脚下。

眼前的女人微胖，穿了条格子裙，背上背着小熊猫款的背包，拉链没完全拉上，露出里面薯片的包装。她手里还拿着手机和小巧的充电宝，涂了浅粉色口红的嘴张了张，问道：“你是宋亦然吧？”

宋亦然抬头，有一丝茫然，随后才冲她笑了笑：“我是。”

得到肯定的回答，微胖女人突然抓起充电宝就砸过来。

充电宝直接砸在她额头上，然后“啪”的一声摔在地面，裂了。

宋亦然完全愣住了，额角有温热的液体往下淌。她摸了摸，是血。

怎……怎么回事啊？

微胖女人鼻孔向着她，说话刻薄又残忍：“老娘当初真是瞎了眼，居然喜欢上你这种垃圾，还为了你花这么多钱刷礼物，你把钱都还给我！”

宋亦然愕然地问：“发生什么了？”

微胖女人厉声道：“装得真可怜，你圈粉丝钱的时候怎么不想想那也是我们辛苦攒的钱呢？”

她还有动手的想法，说完又举起了手机。

宋亦然下意识抬起手臂挡住头部。

过了一会儿，也没有传来疼意。

有个声音响起：“够了。”

江迟抓住了那女人抬起的手臂。

那种莫名被人打伤的委屈突然间涌出来，宋亦然睁开眼，泪光闪烁："江迟。"

因为有江迟在，微胖女人气焰熄了一点，还是鼻孔朝天："怎么？骗钱还不让人说了？现在的网红怎么这么大脸呢？"

江迟甩开她的手，冷声道："麻烦你动动你的脑子。"

女人尖声叫起来："你什么意思？以为自己是网红了不起啊？说我没脑子，我看你跟她也是一伙的，都是骗钱的！"

她这一嗓子号得周围的人纷纷看过来，三人被人围着，人群开始指指点点。

江迟挡在宋亦然身前，冷声道："有什么话，我们可以去警局说。"

"她自己做这种事还不让人说了？"

江迟随手就打了110。

微胖女人嚣张的气焰立时熄了："呵，网红了不起？"

她也不想闹得太大被人围观丢脸，最终骂骂咧咧地走了。

江迟挂掉电话，俯下身，伸手擦干净宋亦然脸庞上残留着的血迹："疼不疼？"

05

雨慢慢地停了，窗口灌进来清新的空气。

湿润的路面铺着层层被雨滴打落的绿色树叶，被雨水冲洗后翠得喜人。

宋亦然号叫：“你轻点，疼死我了。”

她这一声打破了一室寂静。

江迟有点无奈：“你别动。”他手里还拿着带血的棉签，放轻了动作给她擦拭伤口。

诊所里只有一个医生，护士都忙着给其他病人扎针挂水，空不出时间来。宋亦然的伤口看着流了很多血，其实没什么大问题，只是被猛力撞击了一下，红肿破皮了而已，所以护士就拿了消毒药水过来，指导江迟动手。

宋亦然刚才在车上刷了微博，差不多知道事情的前因后果了，这会儿心态还好。

常在河边走，哪有不湿鞋。

同理，常在网络走，哪能不遭殃？

微博上被疯狂转发的那个视频她看过，里面的女人长得跟她有点像，带了她平时直播会化的浅色妆，躺在救护床上脸色苍白冷汗涔涔，在一群人的簇拥下被推进了洗胃室。

她摸出手机，打开微信，这下知道之前手机那一阵接一阵的响声是因为什么了。

不少联系人都给她发了消息，红点布满了整个屏幕，看着都吓人。

她之前在巴沙岛，手机没信号，这些消息她一条都没收到。现在点开，她才发现她去巴沙岛的当晚，就有不少人给她发消息安慰和询问了，熟悉的、不熟悉的，消息翻都翻不过来。

手机又振了振，是郭女士发来的，已经“99+”了，数量之多，简直让人震惊。

母上大人：回来没有？

母上大人：那个人妈一看就知道不是你，网络上这群人，怎么不长眼睛呢？

母上大人：网上骂你的人虽然多，但还是有人维护你，你别伤心。

宋亦然打了几个字“我不伤心”，想了想，又删除了：“我妈怎么知道我出门了？”

江迟换了支棉签：“你妈前几天在微博上找了我，说你电话打不通，问我能不能联系上你。我告诉她你在巴沙岛，那边信号不好。”

话说间，手机又振动了。

母上大人：那个江迟，人不错，视频爆出后他是第一个挺你的。你要是觉得可以，就跟他处一处，妈不反对。

宋亦然看着消息，眉心微微动了动，江迟他……做了什么？

正恍惚着，手机第三次振动。

母上大人：回来了，是吧？别装没看见，我看到你正在输入了。

母上大人：你人在哪儿？

然然胃口小：在回家的路上，视频我看过了，过几天消息就会沉下去的，别担心。

母上大人：我一开始也是这么想的，但是都快一周了，消息还在呢。微博上不是说有很多网红收到过恐吓短信吗，我就怕你也碰到这种人。

然然胃口小：放心吧，妈，不会的。

事实上，她微博私信里，已经堆满了不少言语间带着恐吓意味的消息了。好在她的地址一直是保密的，不会收到什么乱七八糟的快递。

安抚好郭女士，江迟也处理好了她的伤口："我先送你回家，我爸妈也很担心你，估计明天又会让你去吃饭，你先好好休息，怕的话给我打电话。"

宋亦然抬手想去摸摸额头，被江迟一巴掌拍掉手："有细菌，别乱碰。"

她憋屈地"哦"了一声。

宋亦摸出钥匙打开门，才发现唐青枝已经正经地端坐在了沙发上。

听到声响，她抬眼看过来。

宋亦然有点奇怪："你不是去找裴一允了吗？怎么这么快回来了？"

她是去找了裴一允，可是她到那边没几分钟，就被裴一允告知了微博事件，她又忙不迭地回来了。看到宋亦然的脸，她连忙站起身，问道："你这额头是怎么回事？"

宋亦然无所谓地摇摇头："不小心弄伤了，已经处理好了。"

唐青枝抱着手机，微博界面还打开着，估计刷了有一会儿了："太可恶了，这群人怎么这么能诋毁人呢？你放心，我已经发了微博为你澄清了，再有喷子，来一个我撕一个！"

宋亦然本人并没有很在意这件事，反倒是她身边的人一个个都愤愤不平的，她笑了下："抱歉啊，青枝。"

唐青枝愣了一下，看着她："说什么呢？"

"你的淘宝店不是今晚上新吗？因为这件事，估计要影响到你店里的销量了。"

"老娘会缺这几件衣服的钱？"

"好吧……"

晚饭是唐青枝点的外卖，她边刷微博边吃，吃到一半，筷子硬生生被她折断："这群人是不是瞎？我都发了声明说你在巴沙岛了，还有人上赶着来找骂，你等着，姐给你撕回去！"

这一顿，唐青枝气得少吃了一碗饭。

被爆出了催吐的负面新闻，对宋亦然多少还是有点影响的，比如说，她微博粉丝掉了 7 万；再比如说，以前评论里全都是打滚卖萌求宠幸的留言，现在一片骂声。不过，这都不是什么大事，她抗压能力很强。

她点开江迟的微博，最近的一条微博发布时间是几天前的晚上八点，也就是视频刚流出来的那一天晚上。

江迟这条最新微博之前，还是上次黎阿姨他们回家时江迟的直播提醒，下面评论很多，说什么的都有。

[没想到宋亦然真的催吐，迟迟，跟她分手吧，你值得更好的。]

[从此不萌送客 CP。]

[迟迟，你快帮然然说几句话，说她没有催吐啊！]

[坐等江迟更博。]

[路人等看戏，我赌江迟不会让自己卷进这件事里，明哲保身的道理，你们懂吧？]

[不管迟迟做什么选择，我都喜欢他。]

然后当晚，江迟更博了。

游客 123V：我无数次说过让你少吃点，你也不听，所以别人把锅扔你头上了吧？

粉丝纷纷抱团哭泣，感动得无以复加。

[迟迟和然然一定要在一起。]

[迟迟真好。]

[大晚上的，看到迟迟站出来维护然然，突然泪目了。]

[还是那句话，如果这都不是爱……]

面对评论区里煽情的留言，江迟总结陈词，升华主题——

游客 123V：所以，这件事情告诉我们，吃饭要适量 @ 然然胃

口小 V

宋亦然心里软了一下，像团潮湿了的棉花。

06

不止江迟，事发当天站出来的还有斗猫官方微博。

斗猫的官博由苏澄打理，他第一时间就维护了自家主播的形象。

要是别人的话，苏澄的确不好发声，但宋亦然是他一手带起来的，他了解得很。而且上回斗猫嘉年华，他可是看着宋亦然吃完了一碟又一碟的马卡龙。

斗猫官方微博 V：关于 @ 美食小当家 V 发布的视频和不实言论，网络转发超过五万，评论数超过十万，已经对我旗下主播造成了恶劣影响。虽然我们不打算发律师函，但是也绝不会让旗下主播白受委屈，所以请各位看到消息随手举报，谢谢。

唐青枝的微博是几个小时前发的。

可以看出她发博前，应该是仔仔细细地检查过有没有语句不当或者错别字之类的，所以整条微博显得很工整，虽然长，但是流畅无比。

青枝小仙女 V：抱歉来晚了，请问是直接开撕吗？我明确地说一句，我跟然然是室友，她直播无数次，我没见她催过吐。至于那些说我跟然然塑料姐妹情的，骂我为什么现在才站出来的，我来解释一下。7 月 1 号，也就是上周一，我去了巴沙岛，当时我跟然然说好了，她在台湾做完直播就来巴沙岛跟我会合做我的模特，所以4号然然到了巴沙岛。你们可能不知道巴沙岛有多偏，这么说吧，人一到就会和外界失联、手机基本没信号，所以8号我们回来后，才知道微博上爆出了视频。那个人，有眼睛的都能看出来，不是然然。然然胸有多平，你们心里没数吗？下面放上我们在巴沙岛拍摄的美照，麻烦各位睁大眼睛仔细看。[图片][图片][图片]

[啊啊啊，感谢青枝发声。]

[力挺然然，骂然然的全都原地爆炸！]

[视频都出来了，还解释呢？谁知道你是不是故意包庇啊？]

[醒醒，故意包庇？你自己百度一下巴沙岛长什么样好吧？别以为所有人都跟你一样无知。]

[哈哈哈，胸那么平说得好理直气壮啊！]

[天啊，爆哭，我就知道不是然然。]

[好烦这个宋亦然，三天两头搞事情，微博上到处都是她，看都看腻了，长得也不怎么样啊。]

[求求你了，不看快滚。]

[宋亦然人品烂，粉丝人品也烂，这个网红一生黑。]

[看样子楼上人品也挺烂的……]

宋亦然反反复复把这条微博看了几遍。

虽然唐青枝言之凿凿，句句在理，但是宋亦然看着倒数第二句，怎么都觉得心里不舒服，一股郁气在胸中凝结。

她的胸，哪有唐青枝说的那么平啊？

再说了，现在大胸不是王道，微乳才是时尚好吗？

就在她提着刀打算冲进唐青枝房间里杀她个片甲不留时，她又被 @ 了。

斗猫 vivianV：上次在青枝的见面会上跟亦然拼过饭量，吃完后就去 KTV 唱歌了，在场那么多人，有见过她单独去过卫生间的吗？

[哈哈之前捧 vivian 踩然然的是不是一脸蒙，vivian 都发声了。]

[然家粉表示，vivian 以后就是自家人了。]

[谢谢 vivian 为然然说的这番话，以后谁黑 vivian 就是跟我们然家粉过不去。]

怎么把自己说得那么委屈？

宋亦然躺在床上，觉得如果再不为自己说句话，都对不起为她发声的这些人。于是，她一条一条地把这些为自己站队的人的微博转发。

最后只剩下江迟，看着那条劝她少吃的微博，宋亦然突然想起两人还不熟悉的时候，江迟每次在她直播间不厌其烦发的那些弹幕，心底一片柔软，于是她置顶了江迟的微博，并回复：我知道了，以后会控制食量的。

早有一直等在她微博下盼着她出来澄清的粉丝，看到这些，一下子忍不住了。

[然然转发了好几条微博，但是只回复了一条，所以你们懂了吧？]

[萌了萌了萌了，送客 CP 我于某人维护到底！]

[我们要在一起，在一起在一起……]

[看到两人互动，老母亲流下了激动的泪水。]

[我是新入坑的粉丝，请问是直接表白吗？我爱你，听清楚了吗，宋亦然，我爱你！]

[楼上的，你问过迟迟的意见了吗？]

评论里主题歪得很厉害，宋亦然不知道，她十分感动，于是私戳了江迟。

然然胃口小：迟迟。

江迟：有事说。

通常从她嘴里喊出“迟迟”两个字，接下来说的都不会是什么好话。

然然胃口小：妈妈爱你。

放在平时，他肯定要让她滚了。

但是今天……

江迟笑了下，莫名地觉得心情变好了。

江迟：嗯。

所以，“嗯”是什么意思？

宋亦然有些摸不着头脑。

然然胃口小：你是不是打错字了？

难道不应该让她滚吗？这不像他。

江迟：没有。

没有打错字，那……

宋亦然盯着这个对话框，看了一遍又一遍，然后抱着手机，笑倒在了被子里。

07

上午八点，宋亦然睡醒之后，神清气爽的。

因为主播这个工作很自由，所以她休息时间比较多。

熟门熟路地摸进厨房，宋亦然愣住了。

冰箱里各种牌子的火锅底料让人眼花缭乱。

宋亦然隐隐觉得不对劲，去敲唐青枝的房门，没人应。

南门菜市场。

唐青枝嘴里叼着根真知棒。

裴一允就走在她旁边，忍不住侧过头去看她一眼："好吃吗？"

唐青枝鼓了鼓嘴巴，愤愤然："现在是说这些的时候吗？"

就在昨晚，唐青枝替宋亦然发了澄清的微博后，就连续收到了五六十条私信。她第一时间看了，私信全都是骂她的，说什么的都有，十分难听。

有说她借此机会想从宋亦然处蹭热度，吸引她的粉丝留给自己的；还有说她跟宋亦然同流合污的，替宋亦然澄清是她们的计划，为的就是消费网友、留住粉丝，再从粉丝身上吸金。

唐青枝当时都看醉了，这群人脑洞怎么这么大的？

对于第一种说法，她几乎不多做说明。有眼睛的都知道，她跟宋亦然是好朋友。

第二种说法，就有点过分了。

想起宋亦然根本不忌口，唐青枝指挥道："这里，每种菜都买一点，拿不下的话，一会儿我们再走一趟。"

裴一允皱了下眉："吃这么多，真的没关系吗？"

唐青枝很坚持："装！今天看姐姐我怎么堵上悠悠众口。"

等两人大包小包地拎着食材打开门回到家时，宋亦然手里一局游戏刚好结束。

看到裴一允，宋亦然愣了一下，后知后觉庆幸起自己起床就有穿内衣的习惯。

宋亦然知道唐青枝不在家，特意没吃饭等她回来："你们这是弄什么呢？"

唐青枝把食材往桌上重重一放，仿佛头顶上都燃着一簇火："然然，看到我买的火锅底料了吗？来，支锅，今天直播吃火锅。"

她不说，宋亦然都快忘了，今天是周五。

果然人还是不能过得太安逸，会生出惰性的。

裴一允看了一眼表，离上班时间还差十来分钟，抱歉道："那我先走了。"

唐青枝摆摆手。

宋亦然觉得今天的唐青枝有点不对劲。

一个连白玉菇和蟹味菇都分不清的人，居然买了那么多食材？

唐青枝平时生活很不规律，晚上通常要熬夜到深夜两三点，再拿第二天的整个上午来补觉，像这样一大早起床买菜的事情，是从来不会做的。想到这里，宋亦然担忧地道："你怎么了？大姨妈来了，要靠买菜舒解内心的苦闷？"

"你见我什么时候舒解苦闷去买过菜？"

"哦，为了我？"

唐青枝已经把电磁炉搬出来放在了桌面上："动起来啊！"

忙活到十二点，宋亦然直播间再一次响起直播提醒。

这是视频爆出后，她的第一次直播。

许久没见的直播提醒突然出现在各个把她设置为特别关注的粉丝的手机屏幕上时，一些泪点低的粉丝当场泪目。粉上宋亦然以来，她一直都安安分分，没有任何槽点，他们都怕这一次的风浪把从未经历过风雨的她击垮。微博上的键盘侠多得数不清，根本不管对方是男是女、是老是少，言论之恶心，实在让人难以释怀。所以，在听到宋亦然说出那句久违的"哈喽"时，直播间里疯了似的刷起了飞机、游艇之类的礼物。

宋亦然都被这巨浪般的热情吓到了："谢谢各位老板们的礼物，这让我说什么好呢……"

[请说爱我！]

[什么都不用说，我们信你。]

[是不是我看错了，我怎么觉得然然额头上有个小疤呢……]

然而这条消息很快就被湮没在了弹幕区。

唐青枝就在旁边，她一边涮肉，一边大声道："昨天，不少黑子给我发微博私信，说然然催吐才当上了吃播，从粉丝身上吸金。今天，我唐某人就来打脸黑子！"

宋亦然惊呆了："这就是你大清早爬起来买这么多菜的原因？"

"我今天就负责监督你，你当着所有人的面吃了这一锅，吃完后就跟粉丝聊几个小时天，把吃下去的东西全都消化掉，我看谁还敢说你催吐！"

宋亦然哭笑不得："你是认真的吗？"

08

唐青枝说到做到，说要她聊天就不许她下播。

宋亦然根本拗不过她，被拉着跟粉丝聊了将近三个小时的天。

女人固执起来，是不讲道理的。

一锅辣汤凉了个透，汤面上飘着吃剩下的生菜，已经闷得成了枯黄色。

直播期间，所有需要离席的活儿全都被唐青枝揽了下来，她就怕宋亦然离开一下，就被人怀疑是去催吐。

唐青枝端了杯子过来，重新回归镜头里："来，喝口水继续说，你们想知道什么，尽管问。"

[求上墙，我们想知道然然跟江迟到底是什么关系？！]

跟宋亦然到底有没有催吐一样成谜的，还有她跟江迟的关系。送客 CP 的超级话题都排在微博超话榜第一了，两人的关系却一直没得到"实锤"，无疑一直抓着粉丝们的心。

"这个嘛，"唐青枝神秘地笑了笑，"这个你们得问正主了。"

唐青枝突然抛梗给她，宋亦然愣了一下，后知后觉这个问题不能乱答。

宋亦然纠结了一会儿，道："我有点想上厕所。"

唐青枝严肃地道："上什么厕所，憋着！一会儿黑子又该说你借机离开是去那啥了。"

[哈哈哈，青枝请谨慎用词，干吗把"催吐"两个字描述得这么变态？！]

看到这条，宋亦然没忍住，也笑了起来。

唐青枝十分分得清轻重缓急，慢悠悠地说："你以为我不清楚黑子的套路吗？听说长期催吐的人一弯腰就能吐出来，然然一走，估计这群人又要带节奏了！”

[我们相信然然，快让然然去上厕所吧，瞧把孩子给憋的……]

[憋尿对膀胱不好啊，然然快去吧！]

唐青枝抽空看了一眼宋亦然，伸手就把手机从支架上取了下来。

宋亦然脑子里冒出一个不太好的念头，于是浑身一震，警惕道：“你想干什么？”

唐青枝把摄像头对准她：“这还不明显吗？我准备守在卫生间外面，尿尿的声音和呕吐的声音他们不会分不清吧？”

弹幕纷纷调侃起来。

[我们是做错了什么要听你尿尿？]

[对话引起不适，举报了。]

[刚进直播间，现在我打算退出去。]

[原来你是这样的青枝，取关了，取关了。]

[放下了我点关注的手……]

宋亦然面色复杂，红了又白，半晌，她重新坐了回去。

算了，不尿了，坚持就是胜利。

五个小时后，宋亦然疲惫地下播。

下播的后一秒，她接了个电话。

对面先沉默了几秒，才道：“下楼。”

宋亦然没看来电提醒，她现在憋尿憋得要死：“等我一下！”

江迟背靠着一棵榕树，低着头不知道在想什么。

伞状的树冠在他头顶上，刚好挡住了炽热的阳光。

宋亦然走近：“怎么了？你怎么突然过来了？黎阿姨找我吃饭？”

江迟抬了抬头，视线在她身上顿住。

宋亦然一整天没出门，还穿着一身黑白斑点的短袖睡衣，睡衣上印着一大头奶牛。

真没看出来，她会喜欢这种卡通动物。

江迟揉了揉有些酸痛的脖子：“不是。我有个朋友，是一档求真综艺的主持人，我已经把你推荐给她了。”

宋亦然愣了愣，立即反应过来：“不是都已经解释清楚了吗？”

江迟：“光靠几句话和你一次直播说明不了什么，不信的大有人在，说不定以后还会爆出其他的，干脆一劳永逸。如果不想让上回的事再发生，你就去参加。”

宋亦然知道他说的事情指的是什么，是她额头被砸伤的那次。

她确实不想再因为这种事受伤和被说骗钱了。

09

江迟介绍的那档综艺叫作《怪事求真》，已经连续办了三年了，在讯浪 TV 的收视率一直很稳定，因为题材猎奇，因此积累了一批固定观众。

宋亦然进组当天，是江迟陪着去的。

上车前，江迟递给她一个口罩。

宋亦然拿着这个黑色口罩，茫然地问："什么？"

江迟想了想，找了个比较委婉的说法："一会儿……场面会比较混乱。"

这档节目也是采取的直播形式，录制前的一周，节目官博就发布了下期节目的嘉宾名单。宋亦然的照片出现在微博上时，整个粉丝圈的人都疯了，纷纷在微博下留言。于是仅仅一周，这档不温不火却一直稳扎稳打的节目，第一次上了热搜。

宋亦然最近微博刷得少，在她看来，最好的抗压方式就是远离微博，所以根本不知道《怪事求真》官博发布的那条消息造成了多大影响。

此刻，讯浪 TV 大楼下围满了前来为宋亦然助阵的粉丝，狂热的声浪此起彼伏。

宋亦然算是明白江迟那句话的意思了。即使她戴着口罩，也很快被人认了出来。

人潮涌动，一排安保人员挡在外侧不让粉丝靠近。

粉丝们只能隔空喊话：

"然然，我们全程都会跟着你的，不要怕，你身后有我们！"

"然家百万粉丝为你助阵！"

"加油！加油！加油！"

这是宋亦然继上回走红毯之后，第二次切身感受到什么叫作红人效应。

但是粉丝们疯狂喊完话后，事情忽然在往一个奇怪的方向发展了。

起先是有个非常疯狂的女粉丝尖叫了一声："宋亦然！"

她这一嗓子实在让人忽略不了，又尖又亮，所有人都静默了一瞬，齐齐看向她。

宋亦然看过去，在拥挤的人潮里找到了那个因为叫喊脸色通红的女生。

女生闭着眼，大声喊道："宋亦然！参加完这次节目，嫁给江迟吧！"

全场安静了几秒，更大声的询问一波高过一波。

宋亦然："……"

江迟闻言，低头看了身边的女人一眼。

一头不算纯黑的长发在脑后扎了个低低的马尾，温顺地垂在身后，纯白色的长款连衣裙露出优美的肩膀和后背，她不说话的时候让人觉得十分温婉。

两人之间的气氛有点奇怪。

宋亦然不着痕迹地撞了撞江迟的手臂，问："你什么时候娶我？"

她本意是想开个玩笑缓解一下有些尴尬的气氛，谁知江迟状似认真地思考了一下，说："你什么时候嫁，我什么时候娶。"

有耳尖的，听到他们的对话已经开始起哄了。

宋亦然后知后觉，耳根有点热。

《怪事求真》节目有两个主持人，一男一女，都很上镜。

女主持叫小小，人如其名，娇娇小小，很可爱；男主持叫阿沁，偏清秀，看上去很舒服的样貌。

小小负责活跃场内气氛："欢迎我们的然然，说起来我可是然然的粉丝呢。有段时间节目收视率不好，我焦虑得每天吃不下饭，一到饭点打开然然的吃播就会变得很有食欲，说起来真的有点神奇呢！"

被这么毫不掩饰地夸赞，宋亦然脸皮再厚也有点不好意思，好在很快进入了正题。所有人起身，跟随摄制组去了一家寿司店。

节目组在现场找了三位女性观众跟宋亦然做对比，分别给她们准备了三盘寿司，每盘二十五个，三盘一共七十五个。这是一个听起来就让人觉得畏惧的数字，其中两位观众吃到了第十个寿司就已经举手表示放弃；另一个食量比她们大一点，吃到了第十三个才停下。相比之下，宋亦然就像个饿极了的饕餮，一直吃到七十五个寿司完全进肚，甚至她还优雅地朝电视机前的所有观众打了个招呼。

在场围观的吃瓜群众都惊呆了。开始以为宋亦然是个妹子，后来才知道她原来是个女汉子，吃起东西来比男人还带劲儿。

宋亦然吃完后，一行人按照节目组指示，浩浩荡荡地进了医院。全程有人围观，她没有任何机会单独出行。

给宋亦然检查身体的是医院挺有名气的医生，从医十年，荣誉照片就贴在医院大厅的墙上，各项证书整齐地排成一列，很牛、很权威。

她对医院有种天生的敬畏，又有一点恐惧。

当年宋先生被检查出癌症晚期的时候，他们一家人仿佛被灭顶的恐惧笼罩。她当时刚进入高二，每天做得最多的一件事就是进出医院。后来有个早晨，她在学校出完早操赶到医院，宋先生躺在床上，已经没了声息。不知道为什么，被一群人簇拥着进入医院，比独自一人还要让人心慌。

宋亦然摸了摸被冷空调吹得爬满鸡皮疙瘩的手臂，逮住空当跟江迟说："我觉得我竖着进去，可能要横着出来了。"她无数次怀疑过自己能吃这么多是不是因为身体某个部位出了问题，寻常的体检检查不出什么，她也不敢往深处检查，就这么得过且过。

吸了口气，就听见江迟说："说什么傻话？"

他眼底隐隐有责备的意思，一双眼睛幽深，难得那么温和。

莫名地，宋亦然觉得很安心。

10

"结果出来了吗？出来了吗？"

"还没，再等等。"

一楼大厅里，人群中不时重复着这样的对话。

突然有人惊呼："来了来了，显示了！"

这人话音刚落，直播里出现了 3DCT 检测到的画面。

江迟坐在大厅一隅，盯着手机屏幕，慢慢蹙起了眉心。

手机里传来阿沁的惊呼："天啊，我们能看到 CT 里，然然的胃部增大了不少！"

3DCT 显示画面里，可以清晰明了地看到宋亦然的胃部变大，几乎覆盖了腹腔的其他器官。对比三位观众吃完东西后的CT画面，宋亦然的胃完全可以用“神奇”两个字来形容。

小小也是惊奇得不行：“原来一个人的胃可以变得这么大，真是长见识了！”

随着检测结果的公布，看网络直播的观众也全都炸开了。

[养……养不起……]

[好怕她的胃被撑破啊……]

[说然然催吐的人，脸疼不疼？]

[骂过然然的都欠她一句道歉！]

[谁知道是不是宋亦然买通了这个节目做的一场秀？]

[醒醒吧，节目全程直播还要怎么样？现场那么多观众当他们瞎啊？]

[微博上的某些键盘侠还真是可怕，吃东西说人家催吐，人家发声明又不信，现在上节目又说作秀，你们戏太多了吧？]

[抱歉啊，我之前骂了她……]

[不就是怀疑她催吐吗？至于做到这个份上？这么玻璃心还当什么主播？]

[楼上的够了吧？我前几天还见你喷然然是催吐狗不敢澄清，现在澄清了又说她玻璃心，什么话都让你说了，可把你给牛皮的……]

[说了那么多，所以，然然什么时候跟江迟结婚？]

宋亦然身上没什么病，她能吃这么多，纯粹只是因为胃部能撑大至原本的30倍。

这个结果很快登上了微博热搜榜，宋亦然之前掉的几万粉，又涨回来了。

宋亦然坐在江迟的保时捷的副驾驶座位上，背靠着椅背长叹一口气：“这些善变的人啊。”

“事情可以告一段落了。”江迟大概也猜到了微博上的风向。他刚说完，就发觉自己被一道炽热的视线锁定，后背隐隐沁出细密的汗珠，他扭了扭头，“干吗这么看着我？”

她的眼神热情又露骨，让他有些招架不住。

宋亦然眨着一双漂亮的眼，眼里全是晶莹闪烁的小星星：“迟迟，我这辈子给你当牛做马。”

江迟笑了一下，对她的满目崇拜表示很受用：“今晚跟我回江家吃饭。我爸妈因为最近的事情担心得晚上睡不着，还有阿璟，也很想你。”

他刚说完，宋亦然就收到了黎颖的消息。

黎阿姨：然然，大风已过，为了给你庆祝，我今晚亲自下厨，你和阿迟早点过来。

她根本没给人拒绝的机会，宋亦然想起最近的事情，又扭头看向身边这个一直都在的人：“迟迟，你以后需要假女友的话，尽管找我！”

她用力拍了两下自己的胸脯，表明她的真心实意。

江迟目不斜视地开着车，唇边勾出一抹笑意，舒心到了骨子里。

当晚，微博上的一个用户又爆出了一个小视频。

跟之前“宋亦然”患胃炎进医院的视频不同，这个视频的女主角，是宋亦然本人。

能清楚地看出来视频拍摄的地点是城北机场候机厅门口的一角，一个女人愤怒地将手里握着的充电宝砸向了宋亦然额角，鲜红的血液顺着她脸庞流下。

微博内容：7月8号在机场门口看到的一幕，很早就想放出来，又怕大家根本不信，反而说然然是故意找人拍摄拿来卖惨洗白的，所以憋屈地等到了现在。我想说，请这位格子裙姑娘向宋亦然道歉！

[7月8号，不就是然然跟青枝从巴沙岛回来的那天吗？]

[然然那时根本不知道视频的事，看她的表情就知道了，突然被打好心疼……]

[那天然然直播，我就发现她额头上有个疤……]

[请格子裙姑娘给然然道歉！]

[她真好，也没有对粉丝动手动口。]

[还是那句话，嫁给迟迟吧。]

[+1，迟迟抓住格子裙女人的手不让她打然然这一幕，真的很暖。]

兵荒马乱的一周总算过去。

至此，一切终于有如尘埃落定。

第六章

一种吸引人靠近的魔力

01

为了晚上的那顿饭，宋亦然特意冲进卫生间洗了个头。

唐青枝满脸揶揄：“可以了吧，你？都冲洗第三次了，头皮都快被你洗破了。”

宋亦然拿了毛巾擦头发，丝毫不慌：“不知道是谁，每次去见男人都要花两个小时化妆打扮？”

唐青枝哑口无言。

将头发擦干后，宋亦然打开衣柜开始挑衣服。

上回在巴沙岛用来拍摄的衣服唐青枝都送给她了，其中有条浅蓝色的裙子穿起来很温婉。

宋亦然对着镜子比来比去，伸手把随意扎起来的长发放了下来。

躺在床上的手机振了振，宋亦然把衣服挂起来，点开微信。

苏澄：用户苏澄给您分享了一条贴吧链接：# 细数迟迟宠爱然然的瞬间，送客 CP 发的糖，笑着吃下去……#

宋亦然沉默了一下，没忍住点了进去。

[1 楼]：今天是个好日子，楼楼整理了一下送客 CP 的故事，于是吃了一嘴狗粮，这一对的恩爱情侣萌得我一脸血啊！话不多说，刷起来！

[2 楼]：迟迟第一次出现在然然直播间的时候，他的斗猫号是 1 级，经验才 10 点，观看历史里只有然然，关注列表里也只有然然，由此可见，他是为了然然开的号，会员也是为了然然开的。

[3 楼]：不知道大家还记不记得迟迟发过的弹幕内容？其实大概意思，就是让然然好好吃东西，他那时候就很关心然然了啊！然然没给他回应后，没多久，迟迟就在微博开了直播。我斗胆猜一下，迟迟的意思应该是想用自己的视频提醒然然好好吃饭！

宋亦然嘴角抽了一下。2 楼说得差不多在理，事实的确如此，但是 3 楼说的内容实在让她不敢苟同。

别人不知道，她心里可一清二楚，当时如果不是因为阿璟的食欲实在让人担心，江迟根本不会关注她。怎么到了现在，江迟批评她不好好对待食物、说她浪费食材的话，居然被扭曲成了宠她的表现？

[4 楼]：之后是两人挽手走红毯，当时就觉得帅哥美女同框特别养眼，这里有个细节，江迟屈起手肘的时候，看然然的那一眼，特别暖！

不是……当时江迟明明连正眼都没给她啊！

[5 楼]：当时然然在晚会上直播，吃东西时江迟一直在旁边提醒她少吃，劝不动后又说吃什么能解腻，关心都写在脸上了啊！

可拉倒吧，当时的真实情况是江迟觉得她吃东西的方式侮辱了那些精致的美食好吗？

……

[28 楼]：终于说到最近的事了。然然还在巴沙岛时，微博上爆出催吐视频，江迟之前的一条微博下全是粉丝在劝两人分手，说得有模有样，什么然然会影响他，配不上他……可江迟看到之后，第一时间却是发微博替然然证明清白。

[29 楼]：然然从巴沙岛回来后，去接她的也是江迟，还温柔地替她抹掉了额头上的血迹，宠不宠？你们就说宠不宠？

宋亦然当时其实已经被砸得蒙了，只记得自己很委屈。

这么一回想，模模糊糊间，她好像记起当时江迟擦掉了她脸上的血迹，还抱了抱她。

应该是抱了她的吧？

宋亦然点开微博上的视频，耐着性子看到最后。

“疼不疼？”江迟温热的拇指轻柔地在她脸庞上擦过，他声音有点低，有点喑哑。

宋亦然呆愣地看着他，不发一言。

江迟倾身，手臂揽住她，把她带进怀里：“我在。”

02

夏季的夜晚来得很慢，已经六点，金黄色的太阳还挂着空中。

热浪袭来，风里带着令人沉醉的花香。

宋亦然只觉得格外紧张，高跟鞋踩在脚下，怎么都有些不得劲。

明明就是吃个饭而已啊，又不是第一次去江家……

宋亦然拍了下脸，拉开车门。

车内开着十足的冷空调，还放了轻松的纯音乐，副驾驶座上搁了一条薄薄的毯子。

宋亦然抱起毯子坐进去。

江迟侧头看她，眼底有一抹惊疑不定：“你……”

宋亦然冲他柔和一笑。

她今天穿得十分淑女，特意化了个清新的妆容，气质淡雅柔和，一条缀着浅黄色小雏菊花样的白色连衣长裙下露出的一截小腿又白又嫩，细得让人口舌生津。

江迟顿了一下，握着方向盘的手紧了紧："你突然这样，我有点不习惯？"

宋亦然干脆地翻了个白眼："滚吧。"

江迟低头轻笑了下，嗓音低低的，很抓耳。

宋亦然被这声音挠得心痒痒的，一下子耳根都泛起了热意。

不知道该说点什么，车内安静得有些过分。

就在这时，一条微信解救了她。

宋亦然点开一看，乐了。

江璟：宋姐姐，你想要什么礼物？我给你买。

然然胃口小：怎么突然想起给我送礼物？零花钱太多了花不完？

江璟：没有，你这几天不开心。

然然胃口小：没有不开心，事情都已经过去了呀。

江璟足足沉默了半分钟。

江璟：我就想给你买。

宋亦然震惊了，捧着手机给江迟看："阿璟是不是受了什么刺激？"

江迟百忙之中抽空瞥了一眼屏幕，立刻坐不住了："他从来不这么跟我说话。”

想了想，他换了一种说法：“他从来不会主动找我。”更不会给他买礼物。

江迟回想起自己跟江璟聊天的场景，对方不是“嗯”就是“好”，态度看起来十分敷衍，他心里有点不平衡了。

宋亦然道：“说正经的。”

江迟哼了声：“他这几天一直盯着微博上你的动态，前天去了美国，估计在那边看到了节目，想给你庆祝一下。”

竞赛前两天，江璟跟着埃斯顿外聘的数学教授到了美国。

《怪事求真》节目不太出名，所以直播在美国看不了，江璟只能等节目组上传直播结束后剪辑的视频。

宋亦然光顾着感动了，好一会儿才想起来：“那边，有时差吧？”

“嗯，现在大概是早上六点左右。”

美国太阳刚升起的时候，中国刚好日落。

想起《怪事求真》那一期的直播时长，宋亦然有点内疚：“那他岂不是熬夜了？”

“这是件好事，如果一直记挂着微博上的事情，说不定会更加影响他发挥。”

“天啊，我是个罪人……”宋亦然怔怔地道。

“竞赛九点开始，我妈早已经调好了频道，就等我们去了。”

宋亦然握着手机，给江璟加油打气。

然然胃口小：阿璟，竞赛加油，我们会在家看直播，等你回来，我给你买礼物。

江璟：我不想要礼物。

然然胃口小：那你想要什么？

江璟：我获奖的话，你能答应我一件事吗？

然然胃口小：可以，你说。

江璟：我回来再告诉你。

03

江家别墅，厨房。

“哎哎哎，酱油呢？”

“料酒！料酒！料酒！”

“我让你切的葱呢？”

江河终于忍不住了，在第N次把东西递给黎颖后，说：“都那么大的人了，能不能稳重一点？”

黎颖平时很少下厨，儿子在时被儿子照顾得很好，儿子不在就被老公照顾得很好，老公有事的话家里还有管家，怎么也轮不到她自己动手，但是……

“我这不是为了让然然感受到咱们的诚意吗？未来要一起生活的，不能让她觉得咱家的人不好相处，不在乎她。”

江河盯着煳成一锅的红烧狮子头："我觉得你亲手做饭，她才会觉得我们不在乎她。"

黎颖大声道："江河！"

江河十分诚恳地认错："我错了。"

十分钟后，黎颖泄气地丢下菜刀。

菜刀在砧板上一弹，江河的心也跟着一弹。

刺耳的噪音过后，黎颖离开厨房："你来。"

晚上七点，菜肴陆陆续续摆上了餐桌。

红烧排骨、糖醋鱼、宫保鸡丁、凤尾鱼翅、杏仁佛手、随上荷叶卷、持炉珍珠鸡……宋亦然盯着一道道冒着热气的菜肴，十分怀疑江叔叔也跟她一样看过《舌尖上的中国》。

黎颖洗完手出来，招呼道："还愣着干什么？快过来坐！"

宋亦然当初见到黎颖的第一印象就是贵气优雅，怎么也该十指不沾阳春水，没想到她私底下的样子会这样平和，让人觉得无比亲近。

黎颖拉着她的手坐下："你叔叔还在厨房忙呢，咱们先聊一会儿。"

看她的样子，是真的把自己当作儿媳来对待了，宋亦然有点心慌。

宋亦然第一次觉得如坐针毡怎么都不舒坦，要是让黎颖知道自己其实只是江迟的假女友，是来糊弄他们的，那可就太伤人心了。

这么想着，她心里越发觉得愧疚了，忍不住抬起头看向江迟。

江迟原本在准备碗筷，接收到她的眼神，手里动作一顿，用眼神询问她：怎么了？

宋亦然默默叹了口气，摇摇头。

算了，好人做到底、演戏演全套。

不知道江迟以后的女朋友会是什么样的？想到这个，宋亦然觉得心口有点闷，像是被什么堵住了一样，有些喘不过气。

黎颖伸手，轻轻推了推她的胳膊："然然，你觉得怎么样？然然……然然？"

"啊？"宋亦然回过神，下意识地回应她，"很好，可以。"

"真的？"黎颖面露喜色，"那就好，你同意就好，那咱们之后找个时间，跟你妈妈见见面。"

等等——

见面？

双方家长见面？

找个时间？

宋亦然被这突然的炸雷轰得外焦里嫩："阿姨，真的不会太快了吗？"

黎颖笑了笑："我看你跟阿迟相处得挺好的，每天开开心心的，跟你在一起后阿迟吃饭也不挑了，变得有烟火气了，我觉得很好。"

"要不再等等，我跟江迟认识时间也并不长……"

"只是见见父母而已，不是结婚，你别紧张。"

完了！

宋亦然趁黎颖扭头拿东西的瞬间，双手抱头，痛苦地闭了闭眼。

她该怎么跟郭女士开口啊？况且她跟江迟也不是真正的男女朋友。

果然，在跟人说话的时候走神是非常要命的一件事，因为你永远不知道，对方会在你走神的时候说什么话。

这个话题没有持续多久，江河跟江迟双双落座。

与此同时，电视里的广告也终于进入尾声。

“刚刚怎么了？”江迟问。刚刚她看他的那一眼，眼里满是他看不懂的情绪。

“刚刚没事，现在算是完了。”宋亦然压低声音，满脸悲戚。

怎么就走神了这么一下，就让自己陷进这种局面里？

她深吸一口气：“阿姨想要见见我妈。”

江迟“嗯”了一下，没理解这件事有什么难以解决的：“拒绝不就行了？”

宋亦然盯着他，十分痛苦地说：“我一不留神答应了。”

江迟：“……”

04

此次在美国举办的奥数竞赛会全球直播，为了更好地看到江璟，管家早已把餐桌挪到了液晶电视前。

这个时候，参加竞赛的各国少年才刚刚入场。

相比起国外金发碧眼或黑皮肤卷毛的少年，江璟往其中一站就十分显眼，简单的白衣黑裤，清瘦的腰身、大长腿，姣好的脸上没什么表情，就那么淡然地从镜头前走过。

这次竞赛有四十三个国家参与，一共一百名选手，其中中国选手有五名，都安排坐在一起。镜头给到每个国家的区域，江璟端坐在座位上，朝镜头挥了挥手，跟观众打招呼。

宋亦然看了看电视里的江璟，又看了看坐在身侧的江迟，忍不住小小地感叹了一把："江家人真是天生就基因好啊。"

她明明已经压低了嗓音，还是被黎颖听了个大概，黎颖往她碗里夹了块鱼肉笑眯眯道："你也可以生一个啊，长得肯定不差！"

宋亦然还真的想象了一下以后如果生孩子会是什么模样，不知道为什么脑海里就浮现出了江迟的脸，缩小版，很萌。她突然一个激灵，回过神来。想起了刚才被黎颖支配的恐惧，她干笑了两声，不说话了。

怎么会想到江迟啊？宋亦然懊恼地闭眼，一定是因为跟他在一起耍嘴炮耍多了，一定是！

黎颖拿筷子在砂锅里撕下一块鸡肉，夹给她："来来来，这个珍珠鸡做得不错，然然尝一尝，你叔叔特意起早炖了几个小时，都入味了。”

碗里的菜已经堆得像小山一样高，黎颖跟江河轮番上阵，热情得让人无法拒绝。

宋亦然心里如乱麻般，有些坐立不安，她一只手伸到桌底掐了掐江迟的大腿，声音低得不能再低：“怎么办？我好心虚，要是让阿姨知道我是你的假女友，到时候怎么收场？”

江迟看她一眼，微微敛下眼眸：“你如果愿意，可以变成真的。”

为了防止被其他的人听见，他声音也压得很低。

宋亦然正忙着推拒黎颖第无数次打算给她夹菜的手，过了一会儿，才闲下来：“你刚刚说了什么？”

江迟没应。

见他这样，宋亦然越发坚定地认为他刚刚说了什么不得了的话。

“我没听见，你再说一遍？”

江迟伸手往面前的盘子里一捞，舀了一勺子鸡丁塞进她嘴里：“吃你的饭吧。”

宋亦然嘴里含着菜，“呜哇”了一下，嚼了嚼，专心吃饭去了。

吃过饭，几个人坐在沙发上看电视。

管家洗了一盘子水果，做了个果盘放在桌上。

江河边给黎颖剥葡萄皮边看电视，忽然，黎颖惊呼道“结果出来了”，吓得江河手里动作一重，捏爆了一颗，汁水就溅到了江迟的手臂和衣服上。

宋亦然随手抽了张纸巾帮他擦了擦手臂，眼睛还紧紧盯着电视屏幕。

国际竞赛的试卷统一由机器批改，整个过程快得很，答案几分钟就传到了主办方手里。

女主持人看着手里的名单，微微一笑，持一口流利的英文宣布了第三名和第二名，这个过程就花掉了半个小时。

黎颖在这半个小时里，喝了三杯水。

终于等到主持人公布比赛的第一名。

“Our race is over.Let's announce the result.（我们的比赛结束了。让我们宣布结果。）”

“Let's see what country it's from.（让我们来看看冠军来自哪个国家。）”

坐在电视机前的所有人都提起一口气。

果然不论什么节目，公布结果的环节都会被主持人刻意延长说一堆废话，无限吊起观众的好奇心这一点，不管哪个国家，都一样。

“The country that won the first place is（赢得第一名的国家是）……”

宋亦然手里的纸巾已经被捏成了一团：“中国！中国！”

终于，女主持吊够了胃口，大声道：“It's China（是中国）！”

宣布了国家后，宋亦然更坐不住了，心里像是有无数只蚂蚁在啃噬，又急又慌。

“Which Chinese contestant（哪位中国选手）……”

黎颖也忍不住了：“能不能不卖关子了？”

“Who is it？（他是谁呢？）”

宋亦然原本放在腿上的双手此时已经死死抓着江迟的手臂，眼睛一眨也不眨地盯着屏幕，嘴里一直在念：“江璟江璟江璟……”

江迟的手臂被她抓出了鲜红的指印，泛着麻麻的疼意。

他右手拍拍她握在自己左边臂膀上的手背，安慰道：“别紧张。”

“Who is this man（这个人是谁呢）？”

05

女主持存心吊人胃口，把同样的话又重复了一遍。

“Do you want to know who is this man（你想知道这个男人是谁吗）？”

“Jing Jiang（江璟）！”

“啊啊啊啊啊啊啊啊啊啊啊！”

客厅里忽然爆发出双重女高音，尖锐又激动的声音，刺激着另外一对父子的耳膜。

黎颖跟宋亦然从座位上站起来，激动得抱在一起。黎颖又哭又笑的，抹了把眼泪又觉得不好意思，道：“我们从小就不在阿璟身边，看他这么优秀，真是觉得既欣慰又有点内疚。之前阿璟压力那么大，每天吃不下饭，我们也不知道，他也没说过，现在想想，觉得我这个母亲当得，真的很失败。”

宋亦然安慰地拍拍她的后背。

其实黎颖应该庆幸的是自己不在两个儿子身边，他们却都没有长歪，反而一个比一个出众。

江迟实在看不下去这一出煽情的戏码，忍不住皱了下眉头：“妈，你再不坐下，就要错过阿璟的颁奖典礼了。”

闻言，黎颖不好意思地抹了把眼泪，重新坐了回去。

宋亦然平复下心情，戳了戳江迟的手臂：“为什么你看起来一点也不惊讶的样子？”

江迟没什么过多的表情：“我知道会是这个结果。”

“你就装吧。”宋亦然毫不留情地拆他台，“你手都握成拳头了，以为我看不见？”

江迟：“……”

美国，奥斯城。

女主持人坐在沙发上，举着话筒采访。

“How do you feel about getting first？（获得第一名的感觉如何？）”

江璟回想着刚才那一幕，他走上了属于自己的颁奖台。

这种华丽而又庄严的地方，他的哥哥曾走过无数次，他想要追逐哥哥，获得自己的荣耀。

冠军的奖杯拿在手里，沉甸甸的，证书上烫金的字体在彩灯下闪烁。

江璟看着摄像头，忽然一笑，露出了两颗小小尖尖的虎牙，他平时少有这样情绪外露的时候。

他握着话筒，坐在女主持人对面，身边有个翻译在说话："她问你拿到了第一名有什么想法？"

江璟想了想，开口，一口流利的英文："I mean,this is just the beginning.（我认为，这只是一个开始。）"

他身后的翻译愣了愣，又听见他说："There will be more of these moments.（以后将会有更多这样的时刻。"

女主持人笑了笑，真心实意地道："I trust you, you 'll do it.Now you can say a few words to your family in front of the screen.（我相信你会做到的。现在你可以在屏幕前对你的家人说几句话。）"

江璟点点头："Thank you.（谢谢。）"

然后他重新面向摄像机，用中文说道："之前在学校时，徐老师曾问过我想成为什么样的人？或许你们会觉得不可思议，但是我真的想像宋姐姐一样，一直那么乐观和积极，想成为她那样让人看着就觉得心情很好、什么事情都打不倒的人。然后披荆斩棘、不畏前路，一步步成长为江家的第二个骄傲。"

少年嗓音清冽，如同林间的山泉，潺潺流入人心。

屏幕外，宋亦然反倒觉得不好意思了："我哪有他说的那样……"

江迟沉默了几秒，他之前不知道江璟为什么只看宋亦然的吃播，现在明白了，宋亦然的身上有江璟渴望的样子。

哪有人真的会莫名其妙地喜欢上一个人？一定是宋亦然某一方面吸引了他。宋亦然身上像是带着一种魔力，与她相处得越久越能吸引人靠近。

就像……他。

06

江璟回国的第二天，平静了几天的微博上又掀起了波澜。

这是“宋亦然催吐”事件的第三个视频了。

视频里的女人站在卫生间里，还能看到她身后浴室里的花洒，她直直地盯着镜头。她长得跟宋亦然有几分相似，身形瘦削，一张脸苍白如纸，连唇色也是白的，声音微弱却有气势，她直接开门见山地说：“抱歉，我来晚了，因为之前一段时间我一直在医院调理身体。我是斗猫主播宋亦然的粉丝，我来澄清一下，之前美食小当家发的那个视频里的女主角，是我，跟宋亦然没有关系。当天我确实因为胃炎进了医院，也确实是因为催吐才得的胃炎。但这是因为之前我的体重超过了120斤，所以为了减肥才进行了催吐。我没想到会一吐上瘾，就这样催吐了一年多，现在报应来了，胃部出了问题，医生说我很长一段时间只能吃流食。”

她说着，出示了病历单，上面的时间和症状都写得清清楚楚、一目了然："我那天被人拍到，让大家误以为我就是宋亦然，其实是因为我当天模仿了宋亦然直播时候常化的妆。我知道我光这么说你们肯定不会轻易相信，所以我还打算把那天化的妆再化一遍。"

十几分钟涂涂抹抹后，"宋亦然"出现在了视频的画面里。

最后，她说："所以各位，在喷人之前，麻烦弄清楚事情真相，不要跟风带节奏，谢谢。"

这个视频已经被顶成了热搜

[哈哈哈，这下连视频正主都出来了，我看黑子们还有什么好说！]

[楼上别高兴得太早，我估计一会儿就会有人说这人是然然请来的演员。]

[呵呵，说得这么义正词严的，谁知道你是不是宋亦然请的演员？]

[上上楼简直料事如神，这种人的眼盲症看样子是治不好了。]

[谢谢小姐姐愿意发声，愿你被岁月温柔相待。]

[现在我相信了，世界上还是好人多。]

[催吐真的能减肥吗？效果明显吗？]

[楼上的，想想你为什么会被卖药的盯上……]

[催吐有风险，减肥需谨慎。]

[想减肥还是得管住嘴、迈开腿，不能依靠这种伤身体的方法。]

……

这一个视频，又一次成功地把宋亦然的微博推上了热搜。

连她自己都觉得不可思议，怀疑自己上辈子好事做得太多。

否则为什么这辈子遇到的全是这样好的人？

宋亦然最近一段时间都在江家吃饭，倒不是她愿意去，而是因为黎颖要求了，不知道的还真以为她住在江家。

吃过饭，她跟江迟在花园里散步消食。

江家别墅的花园建得很大，绕着房子慢慢走也得半个小时才能逛完。

宋亦然无意识地抚摸着肚子。

江迟看了一眼，脚步一转，带她出了院子。

宋亦然走了一段路，发觉周边景物变了，挠了挠头："这也是你家的产业？"

江迟快速应道："不是，你等我一下。"

他们已经走到了全天开放的自助药店门口，江迟在里面选了东西，又走了出来。

宋亦然心头一紧，上下打量他："你生病了？"

江迟把药盒递给她，上面黑体大字写着：健胃消食片。

宋亦然心头一暖，抬起头来感动兮兮地看着他："迟迟，你真好。"

江迟揉了揉手臂，一阵恶寒："别突然这么肉麻。"

宋亦然摸出一片咀嚼之后吞下去，草莓味的。

兜里的手机突然振了一下，她点开。

江璟：宋姐姐，你之前说的话，还算数吗?

07

江璟的房间装潢得很简约，原木色柜子大概是整个空间唯一色彩鲜明的东西。

米白色的窗纱垂在地面，露出后面中央部位巨大的玻璃窗，江璟站在窗边，撑着窗框，短发被风吹得有些凌乱。他背影单薄，一身的黑色快要融进窗外的黑夜里，及膝的运动短裤下露出一截长而细的小腿。

宋亦然敲敲开着的门：“阿璟，我进来喽？”

江璟动了动，转了个身。

宋亦然手里还端着个托盘，托盘里装着形状各异、颜色鲜艳的水果，她小心地把水果放在摆满了练习册的书桌上。

面对着高她半个头的少年，她笑意盈盈道：“好了，你想要我做什么？”

江璟慢慢地问：“你……对我哥……”

宋亦然脸上的笑渐渐淡下去，耳根开始发热，烫得脖子也有点烧。

“宋姐姐，你喜欢我哥吗？”他问得很认真，一双深邃的眼睛盯着她，让她躲也没办法躲。

其实，是有那么一点喜欢的。她一开始觉得江迟事儿特别多，专门跟她作对，可慢慢相处后，又觉得他其实很靠谱，好像身边只要有他在，怎么也掀不起风浪，她可以很安心地躲在他臂弯下。

可是对着一个十六岁的少年，这要她怎么回答啊？

在江璟纯洁的眼神下，这样的话她简直羞于启齿，以至于整个人都开始泛起了粉红色。

宋亦然不知道怎么回复他，脑子里仿佛被人塞进了一团棉花，又乱又杂。

她艰难地问："怎么了？干吗突然这么问？"

江璟丢下的"雷"越来越大：

"我很想你能成为我的家人。

"我知道你现在来这里是因为答应了哥哥假扮他的女友。

"是不是，能把这层关系变成真的？"

这是他唯一的愿望。

"或许，你真的可以跟我哥试一试。

"他很好，也没有什么不良嗜好，有车有房有事业。"

他说的最后一句："我不想他以后娶别人。"

他很自私，喜欢的就要留在身边。

从小父母就不在他身边，他渴望的一直得不到，变得阴郁、话少、奇怪，连同学也不愿意跟他来往。从那时候起，他就决定，他喜欢的一定要握在手里，在消失之前，狠狠攥住。

宋亦然原本还一片混沌的脑子，突然就清明了。

承认又有什么呢，江璟本来就跟别人不一样。

宋亦然说："我懂你的意思了，但是你哥知道你背地里给他征婚的事吗？"

于是，江璟的脸，慢慢地红了。

这么一耽搁，已经是晚上九点，屋外只有路灯照射出的昏黄的光芒。

风很大，花香很浓。

两人从楼上下来，脸上的表情都有那么点奇怪。

江河刚好从厨房出来："来来来，然然，你阿姨给你泡了洛神花茶。"

宋亦然"哎"地跟着去了。

江璟走到江迟身边，抬眼看他，嘴唇动了动，觉得说不出口，最终又闭了嘴。

江迟正好刷完了微博，把手机一收，两手交叉抱在胸前，懒散地靠在椅背上问："你做什么了？怎么露出一副对不起我的表情？"

江璟摇摇头说："没有。"

不好意思说自己给他征了婚，江璟的耳根开始发热。

过了一会儿，黎颖跟宋亦然从厨房走出来，一人手里端着杯冒着热气的茶。

酸甜的香气钻进鼻腔，玻璃杯内的水全都被染成红色，躺在水里的洛神花微微舒展，像是开在掌心里。

电视里的声音不大不小，黎颖坐在沙发上，跟她说话："上次我们说的见见你妈妈的事情，你跟她说了吗？"

宋亦然闻言，呼吸都顿住了，僵硬道："还、还没。"

黎颖亲切又温和地道："你记得把这事提上日程，我们约个合适的时间一起吃顿饭。"

宋亦然无声地看着江迟，伸手在他手臂上捏了捏，眼睛里明晃晃地写着"求救"两个字。

江迟正准备开口，黎颖迅速瞪他一眼，抢先道："我跟然然说话，有你什么事？"

江迟默默地闭嘴了。

宋亦然只好硬着头皮应道："……好的。"

这个时候如果拒绝什么的，就显得太刻意了，她也解释不清，能拖一时是一时。

08

高架桥上车流不止，星星点点的光斑落进眼底。

城市的晚上有种安静的喧嚣。

宋亦然裹着副驾上的薄毯子，不停地念叨："怎么办，怎么办，怎么办？"

念叨了一会儿，她顺着身边人搭在方向盘上那双好看的手一路向上，盯住他的脸："你怎么一点也不急？就不怕咱们会穿帮？"

"不会。"想了想，他换了个说法，"暂时不会。"

"什么意思？"

江迟侧过头跟她对视，眼底有什么东西在闪烁，像躺着一条安静漂亮的银河。

半个小时后，宋亦然坐在楼下的烧烤摊上，总算知道为什么江迟会说"暂时不会"了。

铁板上的烤肉"吱吱"地冒着烟，辣椒粉的味道有点刺鼻，烤肉的香气在空气中弥漫，老板熟练地在烤肉上洒一把孜然，然后端上桌。

宋亦然惊愕地瞪大眼："什么？"

她对面坐着唐青枝，正在开啤酒，闻言："你小声点。"

宋亦然连吃肉也觉得不香了："你让我怎么小声？你跟裴一允才认识一个月，就决定要结婚了？"

裴一允这个人看起来确实挺可靠的，但是他们相处不多，宋亦然实在担心两个人以后的感情。

"冷静，小场面。"

"你是不是脑子'瓦特'了？"

"你慌什么？认识三天就结婚的人多了去了。"

“你提的结婚？”

“嗯。”

“你跟裴一允商量好了？”

“不然我会跟你说？”

其实哪里用得着跟裴一允商量。

她们都不知道，裴一允有多喜欢唐青枝。

大一那年，裴一允去 A 大报到。

骄矜的裴家大少爷从踏进校园的那一秒开始，就决定答应裴母的要求，去国外念书，原因是 A 大格调实在不高。

老旧的宿舍、褪色的橡胶跑道、礼堂里剥落的墙皮……

一切的一切，都不符合他心里对大学的憧憬。

裴母的声音从电话里传出来：“我已经联系好了那边的学校，你过去，他们就会去接你。”

裴一允抓着手机，懒洋洋地“嗯”一声。

“行李我也已经给你打包好了，还有需要的，去那边买。管家也已经给你找好了，有什么直接找他。”

“行了，啰唆。”

说起来，裴一允那时候和现在相比差距的确有点大。

就在裴母发起新一轮念叨的时候，他身边突然飘过一抹倩影。

一个穿着白色长裙的女生骑着自行车路过，墨色长发和飘逸的裙摆都在空中飞舞，带起一阵轻柔的风，夹杂着她身上的茉莉花香水味。

“那是谁啊？长得挺好看的，今年的新生？”

“你不知道？贴吧里早就扒过她了，新一届校花，大一新生，学摄影的，叫唐青枝。”

“不知道有男朋友没……”

“算了吧，就算人家没男朋友，也轮不上你吧？”

裴一允听着身边几个男生的对话，挂断电话，点进了 A 大校园贴吧。

喜欢一个人，只需要一秒。

宋亦然抓了下头发，有点头疼。

唐青枝已经把啤酒瓶盖撬开了，给她倒满了一杯："所以，今天我才决定度过一个单身狂欢夜。"

淡黄色的啤酒从一次性塑料杯里溢出来，白色泡沫顺着杯壁淌下，不怎么好闻的酒气就在鼻尖飘来飘去。

“你真的已经决定好了？”

“嗯。”唐青枝端起杯子，从容地灌了一口酒，微苦，“以前不觉得，跟裴一允在一起后，我才发现爱情是这么美好的东西。”

“有多美好？”

“嗯，怎么说呢……就是所有我觉得有意思的都想告诉他，我所喜欢的都希望他能接受。想跟他一起笑一起闹，想跟他手牵手过完余生。”

“行了，行了。”宋亦然受不了了，“闭嘴吧，别说了。”

“……”

唐青枝左手揽过宋亦然，右手端起杯酒，过了一会儿，把酒杯放下了，改成拿起了啤酒瓶，豪爽地跟她碰了下杯：“来，喝酒！姐姐今天开心！”

不到一个小时，唐青枝就已经醉得不省人事，走路摇摇晃晃像是踩在云朵上，嘴里还在念叨着：“我明天要选一套最漂亮的婚纱……”

“好，好，好，最漂亮。”宋亦然一边回应她一边架着她，被她一身的酒气醺得眼睛都睁不开。

幸亏她留了个心眼没喝多，不然两个女人醉在路边摊上，也太危险了。

两个人磕磕绊绊跌跌撞撞地到了家，宋亦然把人放在沙发上，长舒了一口气。

09

厨房。

抽油烟机的响声盖过了热油的“吱吱”声，客厅里的手机正在唱歌。

宋亦然把两个太阳蛋装进盘子里，擦了擦手去接电话。

手机是昨晚遗留在沙发缝隙里的，宋亦然盯着一串陌生的号码，接通了："喂，你好。"

"然然吗？"

对方声音听起来有点耳熟，她问："是我，你是？"

"裴一允。"

宋亦然取掉围裙："噢。"

"我是想问问青枝在不在，给她打电话一直没接，所以……"

"她昨晚喝多了，现在还在睡，一会儿我会把她拖起来的。"

"好，麻烦了。"

挂断电话，宋亦然敲了敲唐青枝的房门："青枝，起来了，你今天还得去试婚纱。"

两秒后，房间内传来窸窸窣窣的动静，接着房门被打开，唐青枝头发散乱地站在门口。

宋亦然让开身体："裴一允给我打电话了，一会儿吃完早饭我们直接去 Encounter 在莱城的那家分店就可以。"

唐青枝揉了揉胀胀的太阳穴："行，我先去洗个澡。早知道就不喝那么多了，受苦的还是我。"

宿醉的感觉不那么好受，唐青枝捧了一捧水浇在脸上，终于清醒了一点。

吃完早点，宋亦然开车带着唐青枝去了 Encounter。

这家婚纱店开在城中，地理位置十分优越，是一个很宽敞的两层店面，地下还有专门的停车场。

橱窗里的那件婚纱洁白神圣，腰部以下的裙摆层次分明，又仙又柔，像漂亮的高塔蛋糕。

店内开着暖色调的水晶灯，头顶天花板上盘着弯曲的枝条，叶子碧绿，参差不齐地垂挂在半空。木头栅栏围成的花圃里生长着粉色玫瑰，香气弥漫。

裴一允走过来，先朝宋亦然点了点头，才说："青枝，你看看有什么喜欢的。"

唐青枝跟他去挑选婚纱了，宋亦然就坐在沙发上，玩手机。

过了一会儿，身前一黑，一双黑色皮鞋闯进眼底。

宋亦然动了动脖子，抬眼，乐了："哟，我还以为我得在这里无所事事一个上午。"

江迟笑了下，坐在她身边："人呢？"

宋亦然随手指了指，那两个人已经没了踪影："那边，在选婚纱。"

江迟起身："正好，我们去试礼服。"

伴娘服的区域没什么人在，宽敞明亮又安静。

宋亦然自己没什么想法，穿什么都无所谓。

江迟给她拿了条抹胸款的裙子，浅橘色，缀满了蕾丝："试试这条，你穿应该好看。"

宋亦然点点头，拎着裙子去更衣室。

过了一会儿，门被拉开。

"我怎么觉得有点奇怪……"宋亦然低着头，总觉得腰部不对劲。

“腰后还有条丝带。”江迟自然而然地走到她身后，两手拉住丝带。

宋亦然浑身一僵，被这突然的动作惊了一下。

身后的动静很小，幅度也不大，可就是让她忽略不了。

过了一会儿，宋亦然偏了偏头：“好了没？”

江迟双手缠绕着丝带，眉头蹙起：“再等等。”

又过了一会儿，她问：“还没好？”

江迟不好意思说自己折腾这么久，结果连个蝴蝶结都不会绑，于是打了个结：“好了。”

腰部奇怪的宽松感消失，宋亦然直起身体，走到了全身镜前。

镜子里的人，一头柔软的黑色长发。裙子垂感很好，长度刚好到膝盖位置，露出的一双小腿又长又细，白白净净的像两段嫩藕。

宋亦然转了个身，面对江迟：“怎么样？”

江迟眼睛里有光芒闪烁，神色温和，夸奖她：“好看。”

“对啊，好看，然然身材好，穿什么都好看！”

唐青枝跟裴一允不知道什么时候站在了不远处，唐青枝半边身体靠着裴一允，像是没有骨头，眼睛眯着，面带调侃。

宋亦然大惊：“你们什么时候来的啊？”

裴一允笑了笑：“嗯，有一会儿了。”

那岂不是刚才的场面都被看到了？

唐青枝冲她晃了晃手机，凭着同居那么久培养出来的默契，宋亦然觉得事情并不简单。

事实证明她的想法是对的，因为没过几分钟，她手机上就收到了一张照片。

一张，江迟帮她系丝带的照片。

照片里，江迟在她身后，微微弯着腰，手里缠绕着裙子上的丝带，侧脸安静又专注，线条都柔和起来。

而她刚好偏头跟他说话，眼里全是灯光洒下的光芒。

10

宋亦然躺在床上，盯着这张照片，大有一种要把它看穿的架势。

明明也没有什么啊，怎么看起来就这么暧昧呢？

想起江迟给她系丝带的那双手，她扶着脑袋，脸颊有些发烫。

宋亦然拿起遥控器，把空调调低了两度。

门口传来响动："然然，我进来了！"

唐青枝动作太快，她还没来得及按灭手机，就被一双手抢走了。

头顶上飘下来一个声音："哎，说实话，你是不是喜欢上江迟了？"

"别瞎说。"

"那你干吗看这张照片？"

“你能拍还不许我看？”

“行，你就会跟我贫。”

唐青枝仿佛看穿一切的眼神让宋亦然忍不住想捂脸。

“对了，我是想跟你说一件事。”她坐在床边上，认真地看着宋亦然，“我决定，搬去跟裴一允住。”

宋亦然半晌没说话。

唐青枝感觉到良心有些不安：“我不是要抛弃你，你别露出这种表情……”

可怜、无助，又弱小，让人心都软了。

宋亦然看着她：“你决定了？”

“我这几天也一直在考虑，你不是说怕我后悔做结婚这个决定吗？婚礼定在下个月 3 号，我刚好还有半个月时间跟他磨合。”

宋亦然怎么也没想到，是因为自己的话失去了可亲可爱的室友。一时间，她竟然有种想抽自己脸的冲动。

她疲惫地摆摆手：“去吧。”

唐青枝抱了她一下，乐颠颠地往外跑。

她那架势不像是要回房，宋亦然从床上爬起来：“你干吗去？”

女人雀跃的嗓音飘进来：“给裴一允开门啊！”

宋亦然满脸冷漠。

呵，女人。

唐青枝的东西很多，搬了两趟才算完。

等客厅沙发上时常放着的唐青枝随手绣的抱枕都被拿走时，宋亦然才真真切切感受到空落。

那种对自己很重要的人突然要离开的感觉，实在不好受，这直接导致宋亦然盯着忙前忙后的裴一允，一脸幽怨。

裴一允摸了摸鼻子："我会对青枝好的，你放心。"

听到这话，宋亦然看着他，想起了什么似的，眼神里突然充满了怜悯。

她觉得自己有必要提醒他一下："你要是对她不好，等着吃拳头吧。"

其实根本用不着担心裴一允对唐青枝不好，因为唐青枝那套泰拳，真的很残暴。真要是有什么事情，估计受伤的也会是裴一允。

这么一想，宋亦然释然了，她拍拍裴一允的肩膀："小伙子，我欣赏你，加油。"

把两人送到楼下，目送着车子驶离小区，宋亦然回到家，看着空荡荡的房间，心里那股悲凉劲儿又涌了出来。

宋亦然感怀了一下人生，门铃响了。

宋亦然立即兴奋地从沙发上弹起来，拉开门，露出一个十分灿烂的笑容。

"怎么，觉得舍不得我，所以后悔了？"

江迟站在门口，抱臂看她："怕你一个人太孤单，所以大发慈悲来陪陪你，有没有很感动？”

宋亦然往上翻了个白眼，侧开身体，给他让出一条缝隙：“并没有。”

过了一会儿，她忍不住又问：“阿姨那边怎么说？”

“知道我们要参加婚礼，就把事情推后了。”

“那就好，不然我去哪儿找人冒充我妈？”

江迟看了她一眼，垂眼没回：“晚上吃什么？”

宋亦然来了点兴趣，趴在门框上：“你下厨？”

江迟点点头：“嗯。”

宋亦然盯着江迟宽厚的后背，一句话无意识脱口而出：

“哎，江迟，要不我们凑合凑合一起过呗？”

第七章

今天宋亦然和江迟结婚了吗

01

眨眼就到了唐青枝结婚的日子，婚礼定在市中心一家口碑不错的豪华酒店里举行。

宋亦然是伴娘，天不亮就开车去了酒店化妆室做头发。

她起得太早，眼底一圈黑青色，闭着眼在补觉。

没几分钟，耳边全是女造型师的低呼：“那个男的好帅啊，看着挺眼熟的。”

另一个女人接道：“那不就是江迟吗？那个美食博主。”

听到江迟的名字，宋亦然心尖一抽，浑身僵硬，小幅度地扭了扭头，像是生锈的机器人，身体的零部件都不听使唤了。

她的长发还在造型师手里握着，样子有点滑稽。

宋亦然满脑子都是那番对话。

“哎，江迟，要不我们凑合凑合一起过呗？”

“好啊。”

两个字来来回回地在脑子里晃。

“好啊，刚好之后见家长就不用请人帮忙了。”

耳边嘈杂，女人的低语声一直没断，宋亦然一个字都听不进去。

时间还太早，江迟也不是很有精神，穿着一身精美西装，身后还跟着个同样穿着西装的高个子男生，正在跟婚礼负责人说话。

两人长得很像，一样帅气逼人、个高如竹，一出现就吸引了在场女性的目光。

给宋亦然做头发的男人叫Tony，跟裴一允关系很好，也是特意请过来当伴郎的。

他经常玩微博，大概明白两人的事情，低声问：“哎，江迟不是你男朋友吗？”

Tony话音刚落，身边一群女人凌厉的目光唰唰唰地扫在宋亦然身上。

大哥，拉仇恨了知不知道？

宋亦然摸了摸露在外面的手臂，8月的天气，她居然觉得有点冷。

就在这时，江迟长腿一迈，走了过来。

“哎，他过来了！”

“他在看我们这边！”

皮鞋摩擦着地面，声音越来越近。

宋亦然脑袋发蒙，呆滞不语。

江迟走近，右手落在她头顶上，头顶传来温热：“怎么了？这个样子像是我欺负你了一样。”

喉咙像是被什么粘住了，长发落在眼前，宋亦然耳垂发热。

不行，这样太弱了。

宋亦然使劲儿眨眨眼，转移话题：“阿璟呢？”

江迟低声笑了下。

平时没发现他笑起来这么苏，嗓音低沉，音色华丽。

江迟拉开她身边一把椅子坐下：“我让他去后厨盯着婚宴制作了。”

江迟皮肤很好，眼底抹了一点遮瑕，盖住了黑眼圈，短发稍微一打理，就显出了精气神。

天已经慢慢亮了起来，楼下逐渐变得嘈杂。

化完妆，宋亦然去换伴娘服。

江迟就在门外等着。

没过多久，更衣室传来一道小小的声音，她有点不好意思地喊他："江迟。"

"嗯？"

"丝带系不上……"

宋亦然双手背在身后，手臂已经酸了。这条裙子的丝带很短，她一不小心就会打个死结，十分麻烦。

门外传来一道声音："你出来。"

宋亦然打开门，更衣室里没有空调，她额头上覆着一层薄汗。

江迟从桌面的盒子里抽了张纸巾给她，转到了她身后。

腰部被勒得很紧，宋亦然一动也不敢动。

化妆室里的其他人已经去了其他房间给新人上妆了，小房间里只剩他们俩，呼吸吐纳都一清二楚。

桌台上的风扇来回转动，时不时把宋亦然的头发吹到江迟脸上，清冽的发香，又好闻又撩人。

心里痒痒的，江迟系好带子，手臂没收回，反而环住了她的腰，又细又软。

宋亦然更加不敢动了："你……你干什么？"

听她还结巴了一下，江迟又笑了，看来不止他紧张。他将脑袋搁在她肩膀上："如果我没记错，我们现在是男女朋友关系。"

宋亦然偏开脑袋，脸红得像只煮熟的虾米，羞愤地大喊："你记错了！"

02

伴娘的名单里还有 vivian 和唐青枝老家的表妹，她们来得稍晚，于是一群人就挤在唐青枝的房间里，帮她整理拖到地面的婚纱下摆。

唐青枝正在跟她表妹唐玉交代事情，刚好给了宋亦然和 vivian 一点空余的时间。

两个人都蹲在床边，宋亦然看向 vivian，笑起来："上次的事情，谢谢你发言。"

Vivian 随意地拨了拨脸颊边的头发，别到耳后，也笑了："我说的也是事实。"

唐玉站在旁边，双手叉腰，一身淑女风格的礼服也盖不住她的张牙舞爪："哎，我可跟你们说啊，一会儿人来了，都把门堵死一点，我姐姐不能就这么被人带走了。"

唐青枝坐在床上，拽住她的手臂，有点头疼："我的小祖宗，你可别闹了。"说完，又使劲给宋亦然使眼色。

没过多久，房门就被敲响了，隐隐能听见门外的声响。

唐玉立即警觉起来："来了，注意，一级警报！"

裴一允在门外喊："老婆，开开门！"

唐玉抵在门口："要开门可以，除非你先做 100 个俯卧撑！不许偷懒，猫眼能看到哦！"

唐青枝捏了捏眉心，有点头疼。

Vivian 犹豫了一下："100 个有点多了吧？"

唐玉死死抵着门："我姐才不是那么好娶的呢！"

裴一允这边也请了三个伴郎——江迟、江璟和Tony，此时都盯着他。

Tony笑着拍门："姐姐们，行行好，一会儿一允还得抱着新娘下楼呢，给他留点力气，我们伴郎一人帮他做20个行不行？"

为了避免唐玉直接拒绝，宋亦然抢先道："可以，你们开始吧！"

几人也知道宋亦然是有心帮忙解围，全部将西装扣子一解，趴了下去，边做边数数。

唐青枝松了口气。

宋亦然趴在门上，透过猫眼看到四个人整齐划一的动作，最后盯住最右侧的男人。

也不知道俯卧撑难不难做？

听他们数数的声音越来越沉，宋亦然有点心疼了。

似有所感，江迟微抬了抬头，目光像是透过门撞进猫眼后的一双闪烁着的眼睛里。

顿了顿，他勾了勾唇，喉结微动。

俯卧撑做完，唐玉还不满意："我写了张字条，从门缝里塞给你，你要一字一句地念出来，不然不给开门！"

想到字条上的内容，宋亦然跟vivian对视一眼，同样觉得无奈。

裴一允摊开纸张，内容被跟拍摄影机一字不差地拍下。

江迟看了一眼上面的内容，没忍住笑，拍着裴一允的肩膀："加油，兄弟只能帮你到这里了。"

江璟站得偏远，微微侧头，看清了内容，嘴角也忍不住扬起一个弧度。

这算什么，甜蜜的负担吗?

几秒钟后，房间里的每一个人，都听到了裴一允认真严肃的声音——

“为了做一个称职的好老公，我裴一允向唐青枝郑重宣誓，保证如下：

第一，老婆永远是对的。

第二，如果不是，那肯定是我想错了。

第三，如果我没想错，肯定是我听错了。

第四，如果第二条、第三条都不符，那就按照第一条。

我承诺：家务活全包（包括丈母娘家的）；收入全交（包括灰色的）；老婆的话全听（包括发嗲的）；逛街全陪（包括男性止步的）。

并附加承诺如下：

一、老婆洗澡时要调好水温，抓痒挠背，不得有贪图淫欲之行为。

二、老婆购物时要勇于付款，多加鼓励，不得有不情不愿之行为。

三、老婆给钱时要含泪感激，省吃俭用，不得有奢侈浪费之行为。

四、老婆训诫时要两手紧贴，立正站好，不得有心不在焉之行为。

五、老婆不在时要朝思暮想，守身如玉，不得有偷鸡摸狗之行为。

六、老婆生气时要跪地求饶，恳求开恩，不得有不理不睬之行为。

七、老婆打我时要任其蹂躏，谢主隆恩，不得有还手瞪眼之行为。

以上承诺，本人裴一允，保证身体力行，请各位监督，特此为据！”

四个女人笑作一团。

好不容易笑够了，宋亦然走了过去：“好了，好了，可以开门了。”

唐玉终于满意，不去阻拦，一开门，外面几个男人就拥了进来。

裴一允一眼不眨地盯着唐青枝。

宋亦然走到江迟和江璟跟前，给他们递了水：“做俯卧撑累不累？”

Tony从他们中间蹿出来，一手揽住一个，笑道：“累的是一允，我们只做了20个，他一个人做了40个。”

唐玉翻了个白眼：“这就累了，那以后怎么抱得动我姐？”

唐青枝有点头疼：“好了，我又不是没有腿。”

唐玉一听这话不对劲，立马道：“呸呸呸——大喜日子干吗说这种不吉利的话？”

03

“都让让，让一让哈！”

热闹的人群里，一个穿着条纹西装的男人端着杯红酒穿梭着，一双眼睛四处转。

婚礼已经到了最热闹的阶段，墙壁上的音响正放着一曲《Love me love me》，节奏欢快，在新娘的带领下，大厅里群魔乱舞。

宋亦然不会跳舞，干脆坐在角落整理手袋里宾客送过来的红包。

穿着高跟鞋站了太久，这么坐着，她才觉得小腿肚又酸又胀。她伸手捏了捏，叹了口气，原来当伴娘这么累的。

没坐多久，身边站了个人，影子打在她身上，隔开了身后一整片的明亮灯光。

江迟穿越半个大厅，才找到宋亦然，把手里拿的东西递过去：“吃点东西。”

宋亦然一整天都忙前忙后，像个陀螺似的停不下来，现在不动了，真的有点饿。

她盯着江迟手里的鸡肉卷，感动得泪眼汪汪：“迟迟，我爱你。”

江迟给她开了瓶水：“知道了，这话留着以后说。”

鸡肉卷虽小，有吃就好。宋亦然垫了垫肚子，看到有个男人凑了过来。

条纹西装、大背头，微胖，挂着一脸无害的微笑，就是那个时不时给她发微信分享链接的斗猫管理员——苏澄。

苏澄走过来，随手把红酒放下："咳咳，然然啊，好久不见！"

唐青枝是斗猫娱乐界的红人，苏澄就是代表斗猫平台过来的。

没等宋亦然回答，他视线一转，停在江迟身上："江迟先生，百闻不如一见，不知道您有没有兴趣来斗猫平台发展？"

宋亦然看不下去："差不多行了啊，人家会缺你那点钱？"

一开始宋亦然也以为江迟跟她一样，也是个靠直播赚钱的，直到见到他家的那栋别墅……

苏澄直接无视她："您如果愿意来，我们可以为您和然然安排情侣档直播。"

宋亦然当作没听见："江迟，走吧走吧，我看你也挺忙的……"

江迟："情侣档直播，真的？"

宋亦然："……"

一见还有机会，苏澄立即发功："对，情侣档，不限制你们做什么，牵手撒狗粮也没关系！等等……你们真的在一起了？"

宋亦然："……"

江迟揽过宋亦然，在怀里抱牢了："我考虑考虑。"说完，转身就要走。

"等等！"苏澄重新绕到他们面前，"还有一件事。"

他从自己包里摸出一张请柬，递给宋亦然："这是微博红人节的邀请函，你一定要去，会有惊喜等着你。”

宋亦然接过：“什么惊喜？”

“佛曰：不可说。”

窗外月光淡淡，盈盈照着地面。

树叶的影子被光线分割开，看起来支离破碎。

宋亦然跟江迟并肩走了几步，没稳住脚步，踉跄了下。

就在要摔倒的下一秒，她整个身体都被人抱住，牢牢固定在一个温热的怀抱里。

她身体香香软软，像是没有骨头一样靠着他：“江迟。”

“嗯。”

宋亦然睡眼蒙眬地冲他勾勾手指：“你靠近一点。”

江迟皱眉，凑近她：“干什……”

没说完的话就这么被堵在了嗓子眼，唇上温热的触感让他怔在原地。

见他没有动作，宋亦然索性伸出双手环住他的脖子，一下一下吮着他。

她的舌头湿凉又灼热，好像就这么烧到了心底。

一恍神，江迟听见她迷迷糊糊地问：“你是木头吗？”

江迟只愣了一瞬，便抱紧了她，死死抱着，仿佛要把人嵌入自己身体里，狠狠封住她的唇，让她一句话也说不了，只能发出支离破碎的闷哼。

她嘴里还残留着最后喝的那杯橙汁的酸甜味道，水果香气一点点漫开，在两人唇舌间横冲直撞，让人心甘情愿沉溺其中。

过了一会儿，感觉到胸口有一双手在推他，他咬咬宋亦然下唇，放开了她。

宋亦然还不清醒的脑子里全是江迟的脸，晃啊晃，晃到她心底。

酒气就这么钻进江迟鼻子里，江迟拍拍宋亦然的脸颊，软软的，温度偏高："你喝多了。"

宋亦然是个吃播博主，平时很能喝酒，但是今天跟着唐青枝一桌一桌为她挡酒，这么下来也有些神志不清了。

闻言，宋亦然突然发难，挣开他的手臂，跌跌撞撞往前走："没有喝多，我还能再喝八百瓶！"

高跟鞋在脚下歪歪斜斜的，一不小心就崴了脚，"啪叽"一下，她扑在了地上。

"宋亦然！"

江迟连忙去扶她，语气里全是担心。

那么高的鞋子，崴一下会很疼吧？

宋亦然从他怀里抬起头，泪流满面，脸颊上还沾着灰尘："疼……"

江迟心口上像是被人打了一枪，把她上身抱在怀里固定好，打开手机电筒去检查她的左脚。

她脚踝处又红又肿，跟小腿其他的白嫩皮肤一对比，显得格外狰狞。

小心地帮她脱下高跟鞋，江迟抱着人，拎着鞋子，快速回了酒店。

04

宋亦然整个人陷在床上，房间里冷气足，她滚了滚，闭着眼睛扯过被子盖好。

没几分钟，房门被人打开。

江迟一回来，见宋亦然把自己裹成了蚕蛹。

他掀开被子一角，露出她的左脚，开始给她抹红花油。

刺鼻的味道在空气里散开，宋亦然皱了皱鼻子，闭着眼睛把被子一拉，盖住脑袋。

江迟洗完手，将被子掀开，把她脑袋露出来，人早已经睡熟了。

宴请的客人都走得差不多了，他们忙了一天，全都住在了酒店里。

江迟盯着宋亦然一张素淡的睡脸，伸手撩了撩她微微颤动的眼睫，像蝴蝶的翅膀。

睡梦中感觉到眼睛附近的痒意，宋亦然伸手，抓住了那只罪魁祸“手”。

“迟迟。”

“嗯？”

“妈妈爱你。”

“……”

没办法跟她怼回去，她根本是在梦呓。

江迟叹了口气，把她一截已经被空调吹得冰凉的小腿塞回被子里。

像是想起了什么，他放开宋亦然的手，走了出去。

Vivian的房间就在隔壁。

江迟刚把门关上，就碰到正好打算回房间的vivian。

问vivian借了卸妆的东西，江迟拿着化妆棉蹙眉，一脸的苦大仇深。

宋亦然眼睫上沾着黑色的睫毛膏，挺翘立体，实在不好动手。

以前在微博上看过宋亦然为数不多的美妆视频教程，他还记得她强调过女孩子不管多累，都要记得把妆卸了。

江迟用卸妆液蘸湿化妆棉，动作尽量轻柔地去擦宋亦然的脸。

化妆棉慢慢染上了其他的颜色，宋亦然一张白净的脸更加柔和了一点。

饱满的额头、挺俏的鼻子、柔软的唇瓣，一点点恢复了它们本来的面目。

真奇怪，明明素颜那么好看，为什么平时还要带妆？

江迟拿了条湿毛巾帮她擦脸，不知道是不是因为空调开得太冷，她感觉有些冷，湿毛巾覆在她脸上时，她好看的眉一直皱着。

打理好一切，夜也已经深了。

江迟从床边起身，刚想走，被子里迅速蹿出一只手臂，手掌抓住了他的手。

埋在被子里好一会儿的手温温热热的，手指又细又长，微长的指甲无意识挠过他掌心。

江迟很少会有这样一而再再而三地体会到这种无法招架的感觉。

他重新坐回去，凝视着埋在枕头里那张白皙的脸。

“宋亦然。”

她不应。

“宋亦然。”

还是不应。

又是下意识的动作。

江迟叹了口气，胸口有点闷，喝光了旁边热水壶里已经被吹凉的水，逐渐平复了心情。

他盯着没有什么反应躺着不动的人，声音微哑：“我给过你机会了。”

江迟脱下西装外套，和衣躺在她身边。

被子里全是馨香，有她身上的味道，轻轻浅浅，又无比好闻。

他一躺下，有了热源，宋亦然八爪鱼一样缠过来抱住他，手脚并用锁住他。

江迟实在不好说自己现在的心情，宋亦然的呼吸喷洒在他脖颈上，让他心猿意马。

05

翌日一早。

“啊啊啊啊啊啊啊啊啊！”

宋亦然猛地从床上坐起，顶着一头蓬乱的头发，盯着枕头上的另一张脸。

江迟？江迟！

她跟江迟睡了？

神明啊，她昨晚都做什么了？

脑子有点重，晃一晃还有些晕和疼。

昨晚的场景走马灯一样在脑海里放映，当宋亦然回想起自己主动亲吻江迟时，终于不好意思地捂住脸又躺了回去。

什么啊，她喝醉了居然会主动索吻？

想来想去，脑袋里一团乱麻，但是跟他接吻，画面好像有点美好。

宋亦然侧过脸，面对着江迟，突然觉得他睡着的时候也很好看。

要不要，再试一次？

等等，宋亦然你是有什么饥渴症吗？

不过，亲自己男朋友，不犯法吧？

站在对立面的两个小人很快消失。

宋亦然凑近江迟，越来越近，就快要碰到他的脸了……

千钧一发之时，江迟睁开了眼。

四目相对，这就有点尴尬了。

“咳，醒了啊。”她尴尬地打算移开身体，“我就是看你皮肤挺好的……”

一双手在被子底下环住她的腰，把她重新压了下去，贴在他身躯上：“想亲就亲。”

这人，真的是江迟吗？

宋亦然被亲得分不清东南西北时，抽空想着。

江迟把宋亦然送回住处，放在沙发上。

他重新给宋亦然的脚踝抹了一层红花油，叮嘱道：“这两天左脚不要沾水，好好养着，直播也别开了，我给你送饭。”

宋亦然靠着沙发扶手，垂眼看他：“迟迟你真好。”

江迟抱了她一下，去了餐厅。

宋亦然屁股还没坐热，就被一通电话震得心神激荡。

一看来电显示，得，郭女士又来查岗了。

“你跟江迟是怎么回事啊？到底在没在一起？”

一般情况下，郭女士的电话里提到江迟，一定是又从哪里看到了什么。

宋亦然脚踝还有点疼，一边揉一边问：“微博上又说什么了？”

“你别转移话题，给句准话。”

“对，在一起了。”

“行，等我忙完这一阵，就过来找你。”

宋亦然不知道微博上又在作什么妖，一打开，自己又被 @ 了。

网上流出了唐青枝婚礼上的一段长达一个小时的视频，有粉丝把这个视频里她和江迟入镜的一些片段剪辑成了一个十分钟左右的小视频，并配字——

今天，宋亦然和江迟打算结婚了吗？

有眼尖的粉丝在评论区号叫。

[迟迟看向然然的眼神，也太暖了吧？]

[只有我在关注他们做俯卧撑时美好的身体吗？]

[我死了，我被他们甜死了。]

[江迟的弟弟超好看的啊！]

[万人血书求送客 CP 合体发糖。]

[我开始相信爱情了！]

[是我看错了吗，vivian 跟然然一起当伴娘？]

[果然帅的人都跟帅的人一起玩，美的人都跟美的人一起玩！]

宋亦然把这个视频看了好几遍，然后手指一点，转发给了江迟。

江迟正在开会，手机一振，收到了链接，标题很粗暴。

江迟：你是在暗示我吗？

宋亦然本意是让他看看视频，他这么问，宋亦然呆了一下，才发现标题实在不得了：今天，宋亦然和江迟打算结婚了吗？

无异于一种暗示。

江迟：下次，换我来说。

看到这句话，宋亦然顿时觉得身体酥软了半截，开心得心里像是装着烧沸了的水，咕噜噜地在冒泡泡，热意爬到了脸上。

如果人类有尾巴的话，说起来有点儿不好意思，只要和他在一起，她一定会止不住摇起来的。

06

一晃眼，到了微博红人节举办的日子。

唐青枝结完婚就跟裴一允飞去了美国度假，一时半会儿根本回不来。

平日里都是两人一起去参加晚会，突然只剩她一个，还有点不习惯。

屋外暴雨倾盆，一点也没有变小的预兆。

窗玻璃被砸得噼啪直响，雨水顺着纹路往下淌。

宋亦然的脚踝完全好了，她从柜子里拿出一双黑色细高跟凉鞋。

全身镜里的女人又高又瘦，腰身盈盈一握，一袭黑色一字肩长裙，露出的脖颈、锁骨处皮肤在黑色长裙的衬托下更加白嫩，裙摆上缀着的晶石璀璨耀眼，优雅而华丽。

江迟给她发消息问她到哪了，她实在不好意思说自己其实还在家。

过了一会儿，楼下有人在摁喇叭。

宋亦然怔了一下，跑去打开窗，凉气猛地吹进来，她哆嗦了一下，在倾盆的雨势里，看到了窗下停着一辆黑色的轿车。

微信又响了。

江迟：下来吧，我跟你一起去。

江迟作为一个潜力主播，虽然不怎么做直播了，但是粉丝数还在增加，他的邀请函是微博官方人员直接发的。

宋亦然屁颠屁颠下楼，坐上车。

男人的衣服都没什么新意，尤其是正装，永远是暗色西装，不过江迟今天戴了个暗红色领结，反而让人眼前一亮。

雨刷左摆右摆，宋亦然盯着江迟的侧脸，有点出神。

网上曾经有人发起过投票，选项是江迟的脸、手、腿三个部位，大多数人都选择了脸，原因无他，因为帅。

宋亦然目光下移，停在他握着方向盘的双手上，手掌宽大，手指修长匀称，指骨分明干净，也很好看。

她视线还想往下，被江迟发现了，他偏头：“看什么？”

被他这么问出来，宋亦然突然老脸一红，莫名有点羞愧：“看你好看。”

江迟不说话了，默默换挡踩油门，很快驶过高架桥，稳稳停在路边。

宋亦然不解："怎么突然停了？还没到啊？"

江迟把车停稳，解开安全带，倾身过去，把宋亦然压在椅背上动弹不得。

呼吸的热浪在两人面前流转，车内弥漫着柠檬清新剂的浅浅香气，勾人得很。

宋亦然完全没想到是这么个发展，被他身躯压着动也不敢动："你、你干吗？"

江迟没说话，伸手挑高她的下巴，抬到自己眼底，俯身将嘴唇贴了过去："吻你。"

他一说话，唇瓣微动，带起一股无法言喻的震颤感。

这下，宋亦然脸彻底红了。

直到下车，宋亦然还有种飘乎乎的感觉，双腿发软，步子虚浮，像踩着棉花一样。

江迟闷笑着跟她一起走进会场，他以前怎么没发现宋亦然其实脸皮很薄？

越往里走，出入的正装男女越多。

红人节的海报贴了满墙，所有出席的微博红人都由官方制作了人形立牌，整整齐齐地摆放着。

不知道是不是故意，宋亦然的人形立牌旁边，放的是江迟，两个立牌挨在一起，显得很亲密。

苏澄从到这里开始就一直站在这对立牌旁边等着宋亦然，看到人，立马迎了过来。

斗猫平台来的人不多，原本就五个名额，唐青枝还没来，就只剩下四个，被安排坐在了一起。

江迟的座位离得远，两人隔着好几排人墙。

确定了真的搭不上话后，宋亦然安分地坐在了位置上，跟苏澄有一搭没一搭地聊天。

周围全是人声，男女混杂，热热闹闹的。

苏澄："可以，今天穿得很强势，给斗猫长脸了！"

宋亦然一张天然脸，身上的黑色礼服华美大气，涂了姨妈色口红，又有点复古的味道，随拍的摄像机从这边经过，多给了她几秒钟镜头。

苏澄压低声音："你最近看了微博红人排行榜吗？"

宋亦然正对着镜子给自己补口红："没有。"

"所以你也不知道……"苏澄说到一半，住嘴了。

"不知道什么？"

"你待会儿就知道了。"

宋亦然放下小镜子和口红："哦。"

会场里突然安静下来，屏幕上已经开始播放视频，每个网红的脸都划过一遍，宋亦然看了半天，也没分清楚谁是谁，反而看到了江迟，视线定格。

屏幕上的男人倚靠着透明的落地玻璃窗，窗外阳光打在他身上，岁月变得宁静而美好。

凝神了半天，宋亦然被苏澄推得清醒过来："干吗呢？你入围了知道不？"

大屏幕上早就没了江迟的身影，主持人已经开始宣布最受欢迎主播入围名单。

宋亦然看了一眼又收回目光："又得不了奖，你激动什么？"

她话音刚落，主持人开始宣布最后获奖名单："最受欢迎主播奖最后的得主是……"

现场响起振奋人心的纯音乐，沉重的鼓点声一下下敲在人心里。

大屏幕变蓝，不停地在切换入围主播的照片。

即使宋亦然没抱什么期待，在这样的环境和氛围烘托下，也不由得紧张起来，手指攥着裙子，眼睛一眨不眨地盯着屏幕。

"恭喜斗猫主播——

"宋亦然！"

07

镜头给到宋亦然，大屏幕上出现了她茫然的一张脸，她甚至还在跟着其他人一起鼓掌。

会场后面坐着的是粉丝，数量不多，一二百名，已经有她的粉丝在喊："别傻了，然然就是你！"

苏澄喜不自胜："斗猫每年都有人入围，结果到现在就你捧了奖杯。这是个好兆头，预示着斗猫今年可能要火啊！"

宋亦然被苏澄推着离开座位，往台上走。

主持人："恭喜我们宋亦然小姐姐得奖！"

宋亦然第一次上台，还有些拘谨："谢谢。"

"接下来是提问时间，我想问一个粉丝们都在关心的问题。然然和江迟，到底是什么关系？"

"……"

"男女朋友关系。"

现场粉丝一片欢呼，连一些网红也都跟着鼓掌。

"哇，真是男才女貌。那么你们之前的事情，是不是真的是在炒作呢？"

"这个我得澄清一下，在他来斗猫黑我之前，我们真的完全不认识。"

"真的有这么巧吗？"

"真的是巧合，我也很奇怪为什么莫名其妙就被他针对。"

"那你当时是什么想法？"

"当时觉得他很作。"

台下爆发出一阵杠铃般的笑声。

摄影大哥很调皮，刚好走到江迟身边，于是把镜头给了他，他一张十分无奈的脸就这么出现在大屏幕上。

“很多人都以为你们原本就认识，那么我想问你们是怎么认识的呢？”

想起第一次见面的场景，宋亦然干笑了一下，说不出口。

“其实是因为他家人胃口不好又喜欢看我的直播，所以自然而然就认识了。”

“那么你们是怎么确定关系的呢？”主持人几乎把所有粉丝想问的话都问了。

“之前青枝结婚搬出了家里，我有点难受，就提了。”

“他答应了？”

“嗯。”

“哈哈哈，那看来你们是互相喜欢了。好，最后还有个粉丝提问环节，会从现场粉丝里抽一名随机对你提问，有问题吗？”

“没有。”

镜头开始在现场粉丝面前划过，最后停在一个手里拿着画了宋亦然卡通人像手幅的女生身上。

女生紧张了一下，脸色发红，话却说得很流利：“今天，宋亦然和江迟打算结婚了吗？”

在场粉丝大多知道这句话的出处，纷纷起哄：“结婚！结婚！结婚！”

会场响起的全是这两个字，潮水般涌来，盖过了背景音乐。

主持人知道她爆不出什么料来，也没催她，反而直接让人把镜头给了江迟。

江迟再一次出现在屏幕上，手里握着话筒，他笑了笑："别急，很快。"

现场欢呼声更大了，一些泪点低的妹子开始哽咽。

送客 CP 的糖，太不容易了。

直到握着奖杯下台，宋亦然都怀疑自己是在做梦。

一路上，她都在思考着这个"很快"的意思。

手中的奖杯沉甸甸的，奖杯冰冷的手柄已经变得温热。

宋亦然坐在副驾上，接电话："妈，我就知道你会打电话过来。"

"怎么？你们都打算结婚了，还不许我打个电话问问情况？"

郭女士全程盯着直播，一丝一毫都逃不过她的法眼。

江迟在一边笑，声音低低的。

郭女士像是一双千里耳，问道："江迟在你旁边？"

"嗯，你要跟他说话吗？"

"不跟他说，难道听你扯皮？"

宋亦然把手机递给江迟。

话说，江迟和郭女士的确没怎么说过话。

电话没开免提，郭女士的声音她听不太清，只隐约听到"见面""机票""拜托"这几个字眼，但是能感觉到郭女士心情很好的样子。

江迟挂掉电话，把手机还给她："阿姨订了明天的机票，早上九点就到，要跟我父母见见面。"

宋亦然点点头，滑开微信提醒，然后举起手机给他看微信消息：“刚好，事情都弄完了，黎阿姨又开始催我了。”

08

八点。

江迟站在一家早餐店前，排队。

这家店的早餐品种很全，什么都有，味道也不错，在这一带出了名。

豆浆醇香味甘，口感细腻，没有一点颗粒。

驴肉火烧里夹着的肉很嫩，腌制得很入味。

鸡蛋灌饼、春卷、三鲜粥……

江迟买了两份套餐，想了想宋亦然的食量，又倒回去多买了两份。

打开车门，宋亦然正在刷手机，不知道又刷到了什么，笑得像朵花。

见他坐回来，宋亦然一字一句念给他听：“宋亦然全球后援会：在此监督，如果以后江迟对然然不好，我们百万然家粉一定一人一口口水淹死他。”

“正好。”江迟把早餐放下，也打开手机，“江迟全球后援会：在此监督，如果以后宋亦然对江迟不好，我们百万迟家军一定一人一口口水淹死她。”

宋亦然大概明白了："两位会长可能是情侣。"

郭女士烫了一头大卷，宋亦然站在大厅里找人，一眼居然没认出来。

宋亦然指了指她头发："妈，你这怎么回事啊？"

郭女士得意扬扬："好看吧？我去见亲家，就稍微打扮整理了一下。"

宋亦然没说话，江迟自然地接过她手里的行李道："阿姨长得好看，做什么头发都好看。"

郭女士捂嘴笑道："嚯嚯，小伙子嘴真甜。"

可以，这波卖乖真的厉害。

把人带上车，郭女士开始闲不住了。

"江迟啊，你是做什么工作的？也是开开直播？"

她现在容忍能力惊人的强，除了看不惯网上一些人不分青红皂白地骂人外，她觉得直播行业其实也没什么不好。

江迟："自己经营了一家餐厅，收入尚可。"

宋亦然想起登过北欧榜的Markgot餐厅，觉得江迟真的挺谦虚。

"好好好，你家里有几口人呢？"

宋亦然扶额："妈，你这查人家户口呢？"

"四口，父母和弟弟。"

"那挺好挺幸福的，我家然然高中就没了爸……"

"妈，差不多行了。"

某酒店内。

黎颖掏出面小镜子，仔仔细细检查脸上的妆："你给我看看，我这样化有没有问题？"

江河无奈地看着她："你都问了我第十三遍了。"

黎颖放下镜子，责备道："这不是紧张吗？"

江河给她倒了杯水："快快，喝口水缓缓。"

江璟坐在黎颖旁边，一身的正装，高挑又纤瘦，表情十分冷淡，浅色瞳孔也微微缩了缩。他听到了门外细碎的脚步声，道："他们来了。"

黎颖更紧张了，深吸了一口气，端坐好。

门口传来响动，服务员走了进来。

黎颖呼出口气。

门口再次传来响动，江迟领着人走进来，朝服务员道："可以上菜了。"

桌边三人一个比一个严肃，宋亦然被这阵仗吓了一跳。

几人齐齐落座。

郭女士是自来熟的性格，她之前就听宋亦然说江家人多么多么好，也差不多明白这件事是板上钉钉，于是十分热络道："亲家！"

原本黎颖还有些担心来的是个脾气不好的，无声地给自己做了不少心理建设，才稳住心神，没想到对方这么热情开朗，也笑起来："亲家，我们终于见面了。"

宋亦然吐出一口浊气，压低了声音跟江迟说话："我还担心气氛太尴尬呢。”

江迟给她洗了碗筷，递过去，跟她咬耳朵：“这下，假媳妇变成真媳妇了。”

两位母亲已经打开了话匣子，从结婚的黄道吉日开始，到现在已经聊起了两人的小时候。

黎颖：“江迟从小就不听话，吃饭一堆破讲究，非不让人说话。有一次饭菜都上桌了，就因为我跟他爸唠了点家常，他气得把碗一撂就走，还说什么食物是有灵魂的，真是吓人。”

郭女士：“我家然然也没好到哪儿去，从小吃得就多，当时还有个绰号叫什么来着？对，饭桌霸王！可把她给气坏了，当天晚上又多吃了一碗！”

宋亦然、江迟双双崩溃：“妈！！！”

09

事实证明——

两个年纪相仿的女人凑在一起时，对话总是滔滔不绝的。不管是四十多岁的黎颖和郭女士，还是二十多岁的唐青枝和宋亦然。

“什么？你们开始商量婚事了？”

“很惊讶吗？日子都快定好了。”

“不惊讶不惊讶，哎，你们不在一起才让我惊讶。”

“我表现得这么明显吗？”

“你一看到江迟啊，那个眼神……啧啧啧。”

“我那是母爱泛滥好不好？”

“那你怎么不对其他人泛滥？”

“……”

电话挂断，宋亦然重新回到座位上。

黎颖已经打算跟郭女士学习跳广场舞了。

她拉开椅子，余光瞥到一抹白光闪过，又快又急。

估计是被拍了，她留了点心思，对桌坐着一群青年男女，大概是在聚餐，桌面杯盘狼藉，每个人脸上都挂着笑，很舒心的样子。

宋亦然刚好跟其中的一个女生对上了视线，那女生眼神闪闪烁烁的，露出期待又激动还有点羞涩的表情。

江迟跟着她看过去：“怎么了？”

宋亦然又有点不太确定到底有没有被拍，道了句：“没什么。”

与此同时，微博 # 送客 CP# 超话里，悄无声息地出现了一个帖子。

本就不平静的超话圈子里，又一次掀起了一阵甜蜜的波澜。

[墙都不扶就服你]：今天和大学校友聚餐，竟然在酒店里偶遇了然然和迟迟，他们两家人见面了！我离得远，大概听到了双方妈妈在敲定最后的婚期，可激动死我了。我宣布，今天！宋亦然和江迟打算结婚！咳咳，偷拍的时候差点被然然发现，我们还互相看到了对方……话说然然真的好敏锐啊，我明明都那么小心

了 QAQ[图片][图片]

[喜大普奔！]

[莫名有种唐三藏终于取到经的既视感。]

[啊啊啊，我老公要和我老婆结婚了，我怎么这么开心呢！]

[哈哈哈，楼上又疯了一个。]

[送客大法好啊！]

[希望两人能白头偕老、共度余生。]

[除了说祝久久还能干什么呢？]

晚上十点，ID 为 [墙都不扶就服你] 的那个妹子再一次登录微博，发现自己今天发的微博突然多了几千条评论，吓得她以为自己被微博上卖片的给盯上了。

战战兢兢打开自己的评论区，妹子才发现，这条偷拍微博，被宋亦然的微博 [然然胃口小 V] 点赞以及转发：不是差点，我真的发现了 [狗头]。

宋亦然一直握着手机在回复粉丝评论，江迟有点看不下去了，从她身后伸手把手机从她手里直接抽了出来，放进了自己口袋里。

宋亦然蒙了一下，去他口袋里摸手机："你干什么？"

江迟扣住她两只手放在自己腰间，让她抱牢，随即把人压在身边一棵大树树干上，亲了下去。

两人唇齿间都是刚才刷过牙的薄荷香气，清冽又好闻。

夜空中星星点点，微光闪烁。

头顶树冠里蝉鸣声声，树下人影成双。

吻到一半，两人呼吸都有些急促。

宋亦然感觉到江迟的不对劲，脸色爆红，脑袋偏开了一点点，双唇分离。

“你，在想什么？”

“在想，春天对樱桃树做的事。”

（正文完）

番外一
冒着粉色泡泡的纪念日

三年后。

千呼万唤始出来，江迟终于做了一次直播。

直播内容是：吃零食。

[迟迟，你堕落了。]

[还我那个会做西点的迟迟！]

[我等你等得花都谢了。]

[迟迟又帅了，心肝乱颤 .jpg]

[啧，被爱情滋润过的男人啊……]

直播结束后，有新入坑的一枚粉丝 @ 游客 123，在微博上公开表白：江迟我爱你，我想给你生一窝猴子！

众人纷纷给她留言：

[不存在的，妹子。]

[问过我们然然的意见了吗？]

[乖，妹子，这事想一想就算了哈。]

最牛的要数江迟看到表白后，第一时间发布的那条微博。

游客 123V：他，已婚。[结婚证 .jpg]

无心安慰受到心理创伤的各位新粉，江迟关掉微博，春风拂面地准备出门。

小碎花围裙一丢，江迟走出厨房，然后……和江璟来了个脸贴脸。

江璟已经大二，个子蹿得很快，已经跟他差不多高了，仍然是那副冷淡的样子，喜怒不行于色、不苟言笑。

他手机屏幕还没熄灭，于是，江迟看到上面自己刚发的那条微博。

江迟："……"

他维持着面上的高冷，冲江璟点点头，然后头也不回、脚步加快地离开。

江璟默默给那条微博点个赞。

楼上传来一道软糯糯的婴孩哭声。

江璟嘴角弯了一下，随即长腿一迈，快步上楼。

宋亦然之前开的那家零食网店已经变成了线下实体店，门面很大，零食种类齐全，每天光顾的人不少，还有粉丝专门去店里蹲她和江迟。于是，宋亦然思索半年，决定开个见面会，地点就定在零食店隔壁的一家饭馆。

下午三点，包下的那家饭馆里已经坐满了人。

唐青枝跟裴一允也到了，美其名曰给她助阵。

江璟抱着小侄子坐在相对空旷的那一桌，小心地逗他，捏捏他软软的脸。

麦克风音响设备都已经准备妥当，宋亦然拿起话筒，清了清嗓子：

“感谢各位长得那么好看还来参加我的见面会。

“今天其实是个很好的日子，是我跟江迟的结婚纪念日。”

人群躁动，欢呼声一阵又一阵。

“所以我决定，一会儿吃完饭，每个人都可以去我店里玩游戏拿零食，免费！”

唐青枝带头起哄。

江迟放下了手头工作，刚走进饭店，就被粉丝们潮水般的热情冲得头昏脑涨。

等他好不容易走到宋亦然身边，粉丝们突然集体嚷嚷起来：

“亲一个！亲一个！亲一个！”

声音太响，连饭店老板都被惊动了好几次，围过来看好戏。

江迟双手抓着宋亦然肩膀，笑起来：“我要亲了。”

宋亦然架不住人多，脸慢慢地红了：“嗯。”

话音刚落，江迟吻了下去。

宋亦然的心情就像是汽水刚开盖时冒出的粉色泡泡，飘啊摇啊的，又酸又甜。

现场又是一阵惨烈号叫，这个场面后来被粉丝们称为“屠狗现场”。

江璟忍不住伸手盖住了小侄子的眼睛。

软软的双手抓着江璟的那只大手，糯甜的嗓音含混不清地喊：“叔叔、叔叔……”

他显然不明白自己为什么不能看。

江璟另一只手摸摸他软而细腻的头发，温声道：“苑儿乖，等一下。”

然而江苑等了很久，也没等到叔叔的手移开（笑）。

番外二 用一生去追你一人

唐青枝大学刚开始直播时，发现自己直播间的贡献榜上，立着一个 ID：[一允大帅比]。

看起来，有点吊儿郎当的不羁潇洒。

不过，一般说自己帅的人，其实长得都一般。取这类名字的都是为了心里有个安慰，她懂。

这个大帅比看起来非常有钱，因为他每次都是飞机、游艇、火箭地送，唐青枝开始怀疑他会私信说想跟她私下见面，毕竟她只是一个刚入斗猫的小主播而已。

半个月后，唐青枝发觉自己想多了，这个大帅比并没有给她发私信的行为。

之后，她的粉丝逐渐多了起来，每天都会往外跑参加一些大大小小的活动。

活动都是斗猫平台举办的，有专门的拍摄人员负责拍摄。

于是，就有了这么多的照片。

唐青枝翻着相册，突然心底一震。

她重新翻开第一页，那是她参加的第一个活动，留下的第一张照片。

她那时新人一个，根本没有粉丝给她去应援，可是她现在再看，粉丝群里，混迹着一个男生。

男生面容青涩，眼睛明亮，带着几分张扬，嘴还张开着，像是在呼喊着什么。明明是富家公子的打扮，他手里却拿着她的手幅。

那时唐青枝根本就没有在人群里寻找过自己的粉丝，也根本不知道，有这样一个人，为了她挤在人海里，周围全是其他主播的呼声，而他大声喊着自己的名字。

之后的每一次活动，拍摄下的每一张照片里，总能找到这个男生，手里拿着的仍然是她的手幅。

后来她的粉丝变多了，斗猫给她安排了自己的舞台，场下粉丝全都在喊她的名字，拍摄的照片里也全是握着她应援物的粉丝，她还是在拥挤的人潮里找到了这个男生。

眼眶忽然发红发热，酸酸胀胀的，想要流下眼泪来。

腰部被一双手臂环住，身后传来浅浅呼吸："怎么了？"

唐青枝放下相册，转过身揽住他，去找他的唇。

温存过后，唐青枝躺在床上刷手机。

微博上的粉丝们都在刷这一次斗猫嘉年华要请哪些嘉宾。

斗猫平台刚好在一位一位地发图揭晓。

唐青枝看到自己那张图，肤白唇红，长礼服拖在地面，整个人显得华美而大气，心里满意得不行，结果视线下移，看到配字，凝滞了。

斗猫红人：唐青枝

分类版块：娱乐

粉丝口号：青枝勇敢飞，蜻蜓永相随

"……"

"这是谁想的口号？"

裴一允也在刷微博，正想给这条点赞，闻言，幽幽看向了她。

然后，他被暴打了一顿。

图书在版编目（CIP）数据

是小哥哥他先动的心 / 子非鱼著 . -- 上海 : 上海文化出版社 , 2019.3（2021.6 重印）

ISBN 978-7-5535-1467-3

Ⅰ . ①是… Ⅱ . ①子… Ⅲ . ①长篇小说 - 中国 - 当代 Ⅳ . ① I247.5

中国版本图书馆 CIP 数据核字 (2019) 第 019821 号

责任编辑　詹明瑜
特约编辑　杨吉晨
装帧设计　刘　艳　西　楼
特约绘制　tendy
印务监制　周仲智
责任校对　周　萍

是小哥哥他先动的心

子非鱼　著

出　　版　上海文化出版社
出　　品　上海故事会文化传媒有限公司
　　　　　（200020 上海市绍兴路 74 号　www.storychina.cn）
发　　行　上海文艺出版社发行中心
　　　　　（上海市绍兴路 50 号）
印　　刷　北京时尚印佳彩色印刷有限公司
开　　本　880×1230　1/32　　印张 9.125
版　　次　2019 年 3 月第 1 版　　印次 2019 年 3 月第 1 次印刷　2021 年 6 月第 2 次印刷
书　　号　ISBN 978-7-5535-1467-3/I.550
定　　价　46.80 元

上海故事会文化传媒有限公司 出品（00832）www.storychina.cn